血跡 傷痕 閉路電視 向活人揭露死亡真相

法證

沉冤待雪

Silent Witness

重案組 著

為亡魂發聲

EVIDENCE

序

死亡翻譯員——法醫

假如這三槍不是致死原因的話，那麼醉漢的真正死亡究竟又是什麼？屍體會說話，你——又聽得懂嗎？

1984年，美國橙縣一個警局突然接到一個電話。電話是由一名醉漢的妻子打來的，說她的丈夫酒後在家中大吵大鬧，對家人的生命構成嚴重的威脅，她要求警方派員到現場進行調停。警方在接過電話後，派去了兩名警員。

警員趕到現場後，見到在樓梯的上方站著一個喝醉酒的男子，他雙手持刀高喊：「不許上來！」警員踏上樓梯，邊走邊喊：「把刀放下！」醉漢一看急了，欲飛刀傷人。警員眼明手快，「砰、砰、砰」三槍，醉漢應聲倒下，一會兒便氣絕身亡。

醉漢的家人見狀大驚，眾人從房門後一擁而出，抓住警員算帳：「我們打電話叫你們來，是想讓你們能夠制服他，而不是要你們開槍打死他！」可警員說：「我開槍是為了制服他，我只是打他的腿和腹部，我們是正當防衛，責任不應當由我們來負。」死者家屬哪裡肯依？於是訴諸法院。

讓屍體說話　找出真正的兇手

按美國法律的規定，這種情況必須由法醫驗屍。法醫驗屍結果證實，警員開的三槍都是打在醉漢的腹部，其中僅一槍使腸子受傷，另外兩槍未傷及大血管，也未傷及肝腎等重要器官。

顯然，這三槍並不是醉漢致死的原因。那麼他的死因究竟是什麼？

法醫檢驗進一步證明，醉漢死前在頭顱內有一先天發育畸形存在——腦底動脈瘤。死亡的原因是腦底動脈瘤破裂。追問死者的病史，得知死者以前喝酒都是很安靜的，而這次則變得狂躁異常，所以家屬才叫警員來，而這次精神改變正是腦底動脈瘤破裂的初期症狀。最後結論是死者在警員槍擊前，腦底動脈瘤已經破裂；換言之，死者死亡的原因是腦底動脈瘤破裂，而不是槍擊。法醫檢驗的結果，使這場官司的責任終於

判明。

如果沒有法醫檢驗，這兩個美國警察的結局就可想而知了。

序

揭開法醫的神秘面紗

是的，每一具屍體都在訴說自己的故事，但它的語言我們聽不懂，我們得仰賴一個熟悉「屍體語言」的人，一個專業老練的翻譯員，用我們可理解的人類語言來告訴我們，這個專業的翻譯員，我們稱之為「法醫」。

一提到法醫，一般人都覺得很神秘。其實法醫學是病理學的一個分支，是專門調查人的死因的醫學。法醫最重要的工作，便是提供醫學上的證據，協助執法人員還原事實，並讓屍體說話，找出真正的兇手。

和一般醫學相比，假如一般醫生所要幫助的對象是病人的話，那麼法醫所要幫助的便是死人。為了提供最客觀正確的事實，法醫必須運用各種相關的知識來查案，例如在犯罪者患有精神疾病的情況下，便需要牽涉「法醫精神病學」（Forensic Psychiatry），來斷定嫌疑人在犯罪當時是否有犯罪意識；遇到大規模災難（如空難、海嘯等等），當災難現場屍體數量眾多，導致難以進行人身辨識時，就要利用「法醫牙科學」（Forensic Odontology）的知識，以齒模來作對比鑑定。其他如「法醫病理學」（Forensic Pathology）、「法醫毒物學」（Forensic Toxicology）、「法醫血清學」（Forensic Serology）等專門知識，在刑事案件中的應用更為廣泛，在此不作詳述。

本書便是通過多宗現實生活中的真實案例，和大家層層深入法醫的神秘世界：

・一個死去的人，如何通過結膜下的出血點，向法醫揭露他的死亡真相？

・一個月前離奇的癱瘓和一個月後的神秘死亡，同時發生在一個人的身上，當中有什麼因素可以將兩件事扯上關係？

・筆跡可以鑑定，但用打字機打出來的死亡恐嚇信，又如何緝兇？

屍體會說話，你——又聽得懂嗎？

目錄

目錄

File 02 另類目擊證人 WITNESS

昆蟲、植物花粉甚至非人類的DNA，是如何幫助調查員偵破重案？法醫專家將通過血淋淋的事實，揭示天然線索是如何留在人類的屍體上。本章將通過幾宗中外經典案例，和大家深入探討。

NOT ENTER
SCENE-

File 03

鑑證工具 INVESTIGATION

熱播探案劇在展現驚險案情的同時，也讓我們看到種種新奇的科學鑑證設備。有了高科技的設備作輔助，調查人員猶如如虎添翼。

本章搜羅了各種探案劇中經常出現的鑑證工具，為讀者一一介紹。

File 01

犯罪現場

THE SCENE

無論兇徒如何精心策劃，有一件事絕對可以肯定：他們在離開現場之前，都一定會留下破綻。

CASE
ONE

一個死去的人，如何通過結膜下的出血點，向活著的人揭露他的死亡真相？

結膜下的出血點揭死亡真相

你知道結膜在人體的哪個部位嗎？

你知道結膜下的出血點是怎樣形成的嗎？

死者結膜下的出血點，對法醫又有什麼暗示？

結膜，亦即「眼結膜」，是一塊連接眼球和眼瞼的半透明薄膜。由於結膜位於血管末端，所以：

1 當人體的頸部或胸腹部遭受外力的壓迫，便會導致位於受壓部位上方的血管內壓升高，引致管腔過度擴張而破裂；

2 當人體處於嚴重缺氧狀態時，血管壁可因缺氧而通透性增高，結膜下的毛細血管便會滲出血液，形成「結膜下出血」。

理解到這些知識後，讓我給你講一個真實的故事，看看死者是如何通過眼結膜下的出血點，向法醫力證殺人兇手？

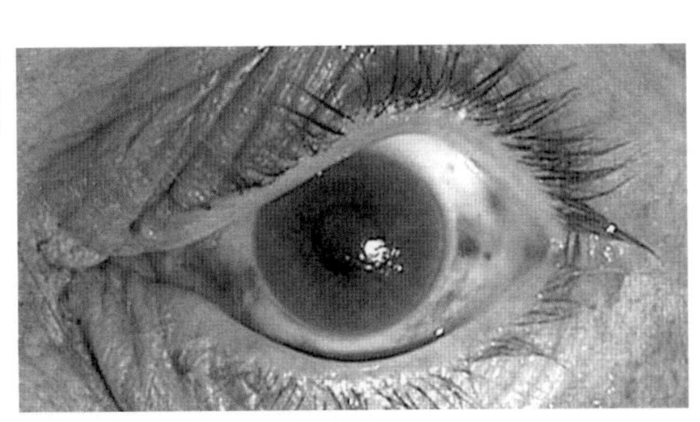

一個死去的人，如何通過結膜下的出血點，向法醫揭露他的死亡真相？

躺在我面前的，是被丈夫扼死的老友A太太。A太太通過結膜下的出血點，默默無語地指揮著握在我手中的解剖刀，將殺害她的負心人送進地獄。

A太太是個患有嚴重心臟病的中年女人。早在廿年前，她就冒著生命危險為丈夫鄭先生誕下早產嬰明仔。如今兒子經已成為外國名牌大學的高材生，鄭先生也從公司內的小職員，一步一步地攀升到總經理的位置。

鄭先生是位大家公認的「模範丈夫」，不管在外的應酬有多麼的重要，也不管工作有多麼的忙碌，他每晚都必定在十一時前回家，照顧他那被病魔纏身的妻子入睡。

對此，A太太十分感動。

披著羊皮的惡郎

據鄭先生所述，那天妻子感到身體不適，晚上八時

死者的屍表徵象

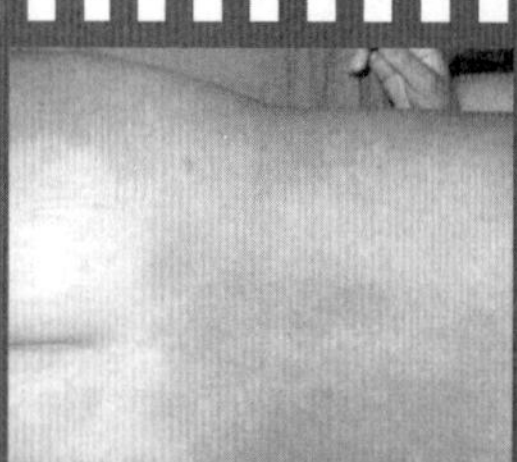
背部

腳甲

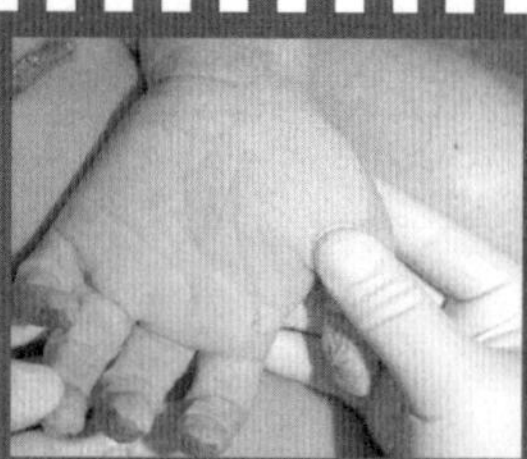
指甲

不到就入睡了。夜裡他並未感到有什麼異常，可是早上醒來時卻發現妻子的臉色不大對勁，臉上甚至有些發青。他感到勢頭不對，慌亂地連推帶喊，這才發現妻子已經停止了呼吸，於是致電報警。

到達事發單位，我發現A太太面色發青，嘴唇、指甲、腳甲甚至已發紫。憑我的經驗，一看便知這是生前體內嚴重缺氧而呈現的屍表徵象。

其實，在沒接觸屍體前，我就已經對A太太的身體狀況有粗略的認識：不久前，她還邊吸著氧氣罩，邊向我細數和這位「好丈夫」的甜蜜回憶。因此，出現在A太太屍體上的極度缺氧的徵象，並沒有引起我的震驚和不安——我知道，死於嚴重風濕性心臟病的患者，由於生前肺靜脈的血液回流受阻，會容易引起肺臟瘀血積聚和出現水腫現象，導致呼吸功能的障礙，結果形成屍體上出現嚴重缺氧的屍表徵象。

我又發現A太太的面部有些浮腫，這一發現雖讓我多少有些興奮，但也沒有使我對死者的死因產生更多的懷疑。我知道，雖然面部青紫腫脹是「機械性窒息」的屍表徵象之一，但這一徵象並不是機械性窒息的

專利：通常死於嚴重風濕性心臟病的患者，由於身體循環出現障礙，來自於頭面部的上腔靜脈血液回流受阻，令大量靜脈血液淤積在頭部，也可以導致患者顏面部的腫脹。

後來，當我用鑷子夾住了死者的上下眼瞼。翻開眼瞼後，我不禁心裡暗叫：一個在人前人後均被人稱頌的「模範丈夫」，竟可對自己的妻子下這樣的毒手？

妻子眼結膜下針尖樣大小的出血點提醒我：千萬不要對睡在她身邊的那個「模範丈夫」放鬆警惕啊！將她送上黃泉路的人，沒錯就是這個負心人！

很快，我的懷疑被我的檢驗所證實。

與靈魂對話

究竟鄭先生是怎樣殺妻的？還是讓這位慘死在魔爪

早在十多年前，A太太就冒著生命危險，為丈夫鄭先生誕下早產嬰明仔。

由於A太太患有嚴重心臟病，故醫院成為她經常出入的地方。

躺在我面前的，是被丈夫扼死的老朋友A太太。

下的妻子來告訴我們這一切吧！

這位死去的妻子對我「訴說」著她在人間最後時刻所遭遇到的不幸：那晚丈夫在與她行過房後，趁她熟睡之時用棉被蒙住了她的頭，同時用棉被套墊在她的脖子上，然後用罪惡的雙手掐死了體弱多病的她。

想知道這位妻子是用什麼方式將這一切告訴我的嗎？

妻子的陰道將丈夫遺留的精液保存了下來，於是我知道了那晚別人家的私隱；蓋在妻子身上的棉被將妻子的唾液分泌物保存了下來，正是這張染有妻子唾液的棉被提醒了當法醫的我，千萬不要被妻子頸部沒有任何外力痕跡的假象蒙蔽！

於是，我開始著手揭穿頸部皮膚未見扼痕的假象，找出我這位好朋友生前頸部遭遇暴力的證據：我手拿解剖刀，一刀切開了頸部的皮膚，暴露出皮膚下面的組織。起初，我沒有發現頸部皮下組織有出血的現象。接著，我的解剖刀一步一步地向頸部的深層進發，從頸部的淺肌群深入到頸部的深肌群，但還是沒有發現肌肉和肌間的出血。我仍然不依

不饒，解剖刀不停地向下切，直至指向位於頸部深層的舌骨及甲狀　骨。

假象很快就被揭穿，暴露出死者生前頸部遭遇暴力的客觀事實：在緊貼死者舌骨和甲狀　骨的肌束上，出現了多處散在的灶狀分佈的新鮮出血，舌骨右側的大角亦出現「新鮮」的橫斷骨折。

位於頸部深層、緊貼舌骨及甲狀　骨的肌束上的灶狀出血，以及舌骨大角橫斷性的骨折說明了什麼？說明死者生前頸部受到了外界暴力的襲擊，這一外界暴力足以導致正常人體在短時間內死亡。

謊言現形

最後，在科學的證據面前，鄭先生不得不向探員交代並印證我所判斷的一切：

這些積聚在上下眼瞼的瘀斑，是毛細血管出血現象的結果。

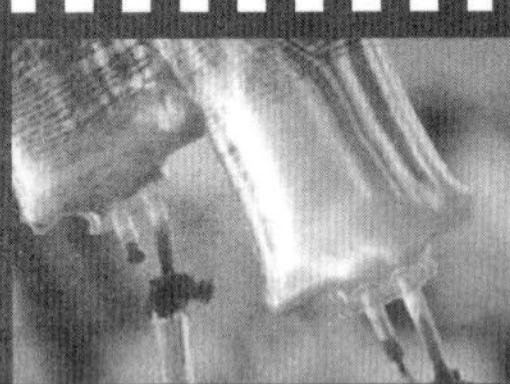

臥病在床的A太太，不忘向我細數和這位「好丈夫」的甜蜜回憶。

由親友寄來的慰問卡，成為A太太的生存動力。

這位「模範丈夫」因對自己多病的妻子厭惡至極，為了達到與第三者結婚的目的，他設計了一個暗殺妻子的陰謀。那天，他與多病的妻子發生性關係，待妻子進入夢鄉後，他用棉被蒙住了妻子的頭，使足全身的力氣，用雙手死死地扼住了妻子那襯墊著棉被的頸部。妻子在驚叫一聲後，即順服地一動不動地走入了他所設計的黃泉路。

儘管鄭先生自以為做得萬無一失，可他無論如何也沒有想到：一輩子都對他唯命是從的妻子，居然在法醫的面前，用眼結膜下的出血點這一屍體徵象，揭露了他的罪行。

真的不知道，當他走入另一個世界時，將怎樣去面對他那位體弱多病而又溫柔善良的妻子。

真的不知道，當鄭先生走入另一個世界時，將怎樣去面對他那位體弱多病而又溫柔善良的妻子。

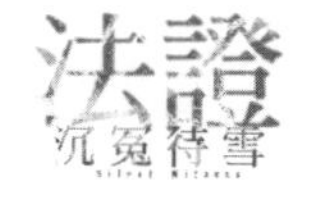

資料室

犯罪現場的搜證工作

「搜集證據」的目標在於尋找、收集並保存所有物證。這些物證可能用於重組犯罪現場，而且能夠在法庭上指證兇手。證據可以是任何形式，其中包括：

· 痕量證據（槍擊殘留物、顏料殘留物、破碎的玻璃、不明化學藥品和毒品）
· 印痕（指紋、鞋類和工具痕跡）
· 體液（血液、精液、唾液和嘔吐物）
· 毛髮和纖維
· 武器和槍械證據（刀、槍、彈孔和彈殼）
· 可疑檔案（日記、自殺筆記、電話簿，還包括諸如電話錄音機和來電顯示裝置等電子檔案）

搜索模式

法醫可以選擇使用幾種搜查模式，以確保搜尋的全面性，並最有效地利用資源。這些類型包括：

（1）向內螺旋式搜查法：以現場的周邊為起點開始，向中心展開搜查。當現場只有一名調查人員時，螺旋式搜查法是一種較好的方法。

（2）向外螺旋式搜查法：調查人員會以現場中央（或屍體）為起點開始，向外進行擴展式搜查。

（3）平行式搜查法：調查人員會排成一行，以相同的速度直線行進，並從犯罪現場的一端搜查到另外一端。

（4）網格式搜查法：網格式搜查法相當於使用兩個互相垂直的平行搜查小組。當一組搜查完畢後，另一組則接著開始搜查。

（5）分區式搜查法：在分區式搜查中，調查人員將犯罪現場分成若干個區，每個團隊成員負責一個區的搜查

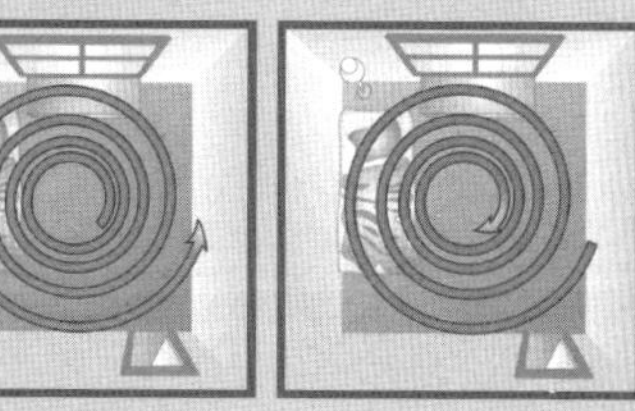

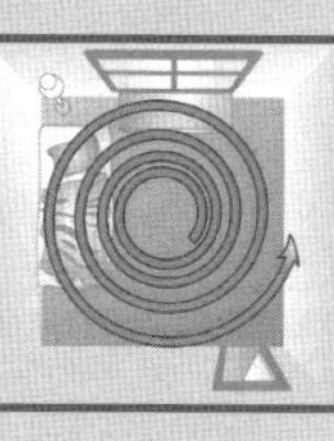

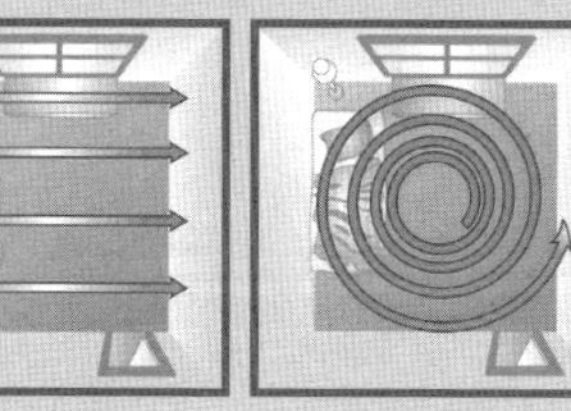

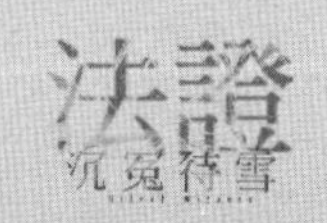

工作。為了達到搜查效果的全面性，團隊成員可能會交換分區，然後再進行搜查。

搜索要點

在現場搜查過程中，調查人員所要搜查的細節包括：

- 門窗有沒有上鎖？是開著還是關著？有沒有強行進入的痕跡，比如工具痕跡或遭破壞的鎖？
- 房間整齊與否？若不，那麼房間中是否存有打鬥的痕跡？
- 周圍是否存有信件？信件是否被打開過？
- 廚房是否零亂？是否存有任何吃剩的食物？是否放置有餐桌？如果有，能坐幾個人？
- 垃圾桶內是否有垃圾？垃圾中是否有不尋常的東西？根據郵件和其他檔上的日期，垃圾的日期順序是否正確？如果不是，則可能是有人曾在受害者的垃圾內尋找過什麼東西。
- 是否存有聚會的跡象，比如空杯子或瓶子或裝滿煙灰的煙灰缸？如果有裝滿煙灰的煙灰缸，那麼都有哪些品牌的香煙？香煙濾嘴是否有口紅或牙齒的印記？

- 是否有些東西看上去不合邏輯？比如在男士的住宅裡，杯子上留有口紅印，又或者女士住所裡座廁的墊子被掀起？是否有沙發擋在門口？
- 時鐘是否顯示正確的時間？
- 洗手間的毛巾是濕的嗎？洗手間毛巾是否遺失？有沒有清潔過的跡象？
- 如果犯罪現場發生了槍擊，那麼射擊了幾次？調查人員會試圖尋找作案所使用的槍支、每顆子彈、每個彈殼以及每個彈孔。

- 如果犯罪現場發生的是刺傷案件，那麼受害人的廚房裡是否有刀明顯丟失？如果是這樣，犯罪可能不是預謀的。
- 地板磚、木地板、油毯地板上，或是建築物外的周邊地區是否存有任何鞋印？
- 在車道或建築物周邊區域是否存有輪胎印？
- 在地板、牆面或天花板上是否有濺出的血跡？

物證的實際收集工作是一個緩慢的過程。在每次收集物證後，法醫必須立即對其進行保存、標記和記錄，留作犯罪現場記錄。根據不同的條件和情況，不同類型的證據既可以在現場收集，也可以在實驗室收集。

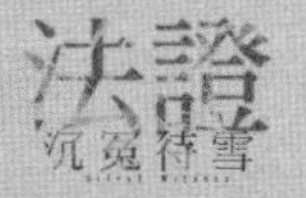

CASE TWO

一個月前離奇的癱瘓和一個月後的神秘死亡，同時發生在一個人的身上，當中有什麼因素可以將兩件事扯上關係？

死者妻子的眼睛，一遇上調查人員的目光就慌亂地四下躲避，後來更乾脆低下頭來，盯著自己的一雙腳在地面上劃來劃去。就在這一瞬間，一絲疑慮閃過我的腦海：這些不經意的小動作，會否意味著什麼？是有意逃避？抑或內心隱藏著什麼巨大的不安？

藏在屍體內的人骨密碼

「這胖子，皮下脂肪可真夠厚！」

解剖台上的這具死屍，又矮又胖又老又醜。剖開他那肥大的「啤酒肚」後，我深深地呼了一口氣，並用複雜的眼神打量著站在解剖台邊的家屬代表——死者的妻子GiGi。

如果要將「一朵鮮花插在牛糞上」的比喻套用在這對夫妻身上，亦絕不為過。

GiGi那雙美麗的眼睛，一遇上我的目光就慌亂地四下躲避，後來乾脆低下頭來，盯著自己的一雙腳在地面上劃來劃去。

就在這一瞬間，一絲疑慮閃過我的腦海：這些不經意的小動作，會不會意味著什麼？難道GiGi是在有意逃避？還是內心隱匿著什麼巨大的不安？

藏在屍體內的人骨密碼，究竟有什麼玄機？

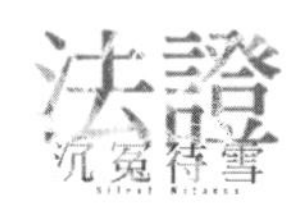

死者謝先生，五十八歲，某電子科技公司高層。一個月前，當他從私家車上下車時，突然感到下肢無力，當場摔倒在地，從此失去了行走的能力。

對於謝先生的情況，有醫院神經內科醫生表示：在此之前，謝先生曾有發燒的徵狀，且感到四肢疼痛。經臨床診斷，確診他患上「橫貫性脊髓炎」，醫生於是立即安排他進院。

入院以來，謝先生除了雙下肢截癱外，身體各系統均無異常發現，也未出現感染等併發症。

然而，在事主進院個多月後，卻突然死了。

罪幕揭開

事情的經過大致是這樣的：凌晨一時，陪伴在謝先生身邊的GiGi向當值護士報告，說她老公的臉色不好。可是，當護士趕到病房時，謝經已斷氣了。

一般來說，橫貫性脊髓炎病患者除下肢癱瘓外，在沒有其他系統的疾病或併發症出現的情況下，是不會突然死亡的。

那麼，到底有哪些原因能夠引起脊髓發生病變？至今說法很多，有外傷、腫瘤和炎症等等。

謝先生發病十分突然，住院一個月來。雖然已經做了大量的檢查、化驗，但卻始終未能查出明確的致死原因。為此，有醫院神經內科的專家們特別想通過屍體解剖，把謝先生的致死原因搞個水落石出。

於是，謝先生的屍體就給送到我這兒來。

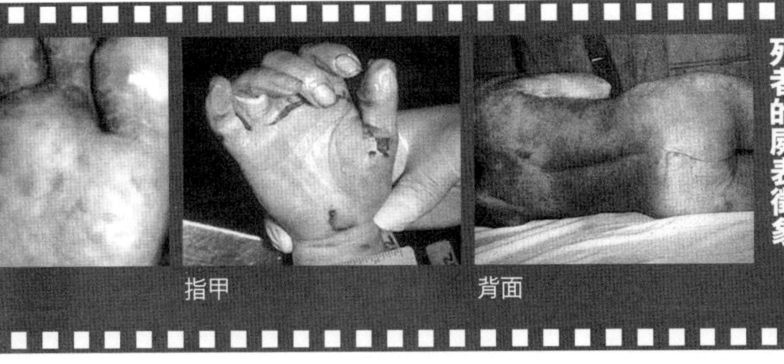

死者的屍表徵象

腳掌　指甲　背面

聽聽屍體怎麼說

然而，初檢結果並沒有獲得令人興奮的異常發現：據屍表檢查，死者從頭到腳都沒有任何損傷和暴力的痕跡。剖開胸腔、腹腔、顱腔，也都沒有發現能夠造成死亡的病理變化。

其實，法醫所指的「屍表檢查」，是依照下列的步驟進行：

- 徹底除去衣著，拍照屍體的全身像（包括腹側與背側）和頭面像。
- 量度屍體身長、體重、屍溫與環境溫度。
- 觀察、記錄屍體發育與營養狀況。
- 檢查屍斑形成的部位、顏色、量及發展情況，並做詳細記錄與拍照。
- 檢查屍僵形成的部位、強度及有無破壞情況存在，並做詳細記錄與拍照。
- 有無屍體痙攣存在，如有須記錄、拍照其形態。

屍體各部位的檢查方法：

（1）頭面部檢驗：

・頭顱整體有無變形。

・頭髮型式、色澤、長度、缺損、人工處理及附著物情況均應仔細檢查並加以記錄。

・撥開頭髮檢查頭皮。如發現損傷及異常改變應剃光全部，或局部頭髮充分暴露該部位進行檢驗，記錄與拍照。

・檢查顏面部皮膚顏色，有無損傷、出血、變形等改變及疤痕、色素斑、痣、疣等個人特徵。

・檢查眼睛各部（眼瞼、眉毛、睫毛、眼裂、角膜、鞏膜、結膜、瞳孔等）的病理改變，生理特徵、死後改變及損傷情況。

一個月前離奇的癱瘓和一個月後的神秘死亡，同時發生在一個人的身上，當中有什麼因素可以將兩件事扯上關係？

一個月前，當事主從私家車上下車時，突然感到下肢無力，當場摔倒在地，之後由救護員送院。

・檢查鼻外型及鼻腔的病理改變、生理特徵、死後改變及損傷情況。

・檢查耳廓及外耳道的病理改變、生理特徵、死後改變及損傷情況。

・檢查口腔：唇、齒、齒跟、舌的病理改變、生理特點（如齒咬合面的磨耗程度）、死後改變及損傷情況。有必要時應提取唇紋。

（2）頸部檢驗：主要記錄病理改變、生理特徵、死後改變和損傷情況四點（此方法亦同樣適用於檢驗胸部、腹部、背臀部、四肢、會陰、外生殖器及肛門等身體部位）

（3）提取陰道、肛門、口腔分泌物及屍表附著物要在屍體清洗前進行。

（4）記錄每一局部生理特徵、病理改變、死後改變和損傷情況時，要求定位準確、形態描述詳細全面、測量精確。重點處要拍照固定。

最後一小時

據當天的夜班護士表示：在謝先生過身前一晚，死者曾意識清醒地要求夜班護士關閉病房外的走廊大燈。前後不過才一個小時，又是這位夜班護士被 GiGi 喚到死者的床前，但當時病人經已死了。

作為一名習慣與死神打交道的法醫，我知道在這一個小時中能夠讓一位意識清醒的人突然死亡的疾病，應該是心血管及中樞神經系統的病變，如冠心病、肺動脈栓塞、腦出血等。這些疾病，通過我對屍體的解剖檢驗，已經基本上可以排除了；而由暴力性外力導致人體在一個小時之內死亡的可能，如各種外傷、扼死、勒死、電傷等徵象通過屍檢也沒有發現；餘下的可能就是中毒了，這種可能性必須經過實驗室檢查才能確定。

一個月前離奇的癱瘓和一個月後神秘的死亡，同時發生在一個人的身上，這其中有什麼因素可以把兩件事聯繫在一起？

如果是外來物質導致謝先生下肢截癱，那麼病變應在胸段脊髓；如果是外來物質導致其死亡，病變應在脊髓的上端。那麼，脊髓的上端連

接著的是：想到這裡，我下意識地重新拿起已被我放進標本缸裡的腦組織。

惡魔就在你身邊

乍看之下，這對大腦半球與正常腦組織沒有什麼兩樣：沒有腦挫傷、沒有腦出血，甚至連死於腦組織完全正常的人都會有的輕微的腦水腫的痕跡都極不明顯。這說明死者從機體遭遇致命性一擊到死亡的時間，都是極為短暫的。在這極為短暫的時間裡，腦組織還沒來得及出現缺氧反應，生命就終結了。

帶著疑問再次檢查死者的腦時，我終於發現了問題：死者小腦底部有一小片蛛網膜顏色略微發灰，與周圍組織相比失去了正常的光澤。

經檢查，死者小腦底部的這塊灰白的組織是酸性物

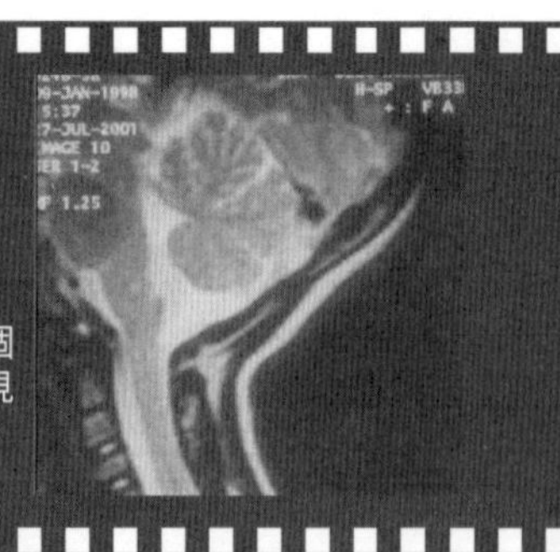

「橫貫性脊髓炎」是指局限於數個節段的急性橫貫性脊髓炎症。表現為脊髓病變水平以下的肢體癱瘓，是常見的脊髓疾病之一。

質腐蝕的結果，酸性物質進入的途徑應該是通過體外向顱內注射，而注射的位置只能在頸部那個在中醫學上稱之為「啞門穴」的部位。

對了！只有由此處進針才可能通過枕骨大孔到達西醫所說的「小腦延髓池」，而該池前面緊靠著的就是人體生命的中樞——延髓！

這太離奇了！就眼前這麼一個貌美如花的小女人，竟能做出如此驚人的事情？

藏在衣領上的線索

想到這裡，我立即將屍體翻過來。切開背部的皮膚後，我拿起放大鏡，仔細地觀察著局部細微的變化。我發現第一頸椎旁的肌肉的顏色明顯有不同，是紅褐色的，失去了正常的光澤。這一細微的差異令我十分興奮，接下來的任務是尋找注射針孔。不幸得很，白忙了半天，卻一無所得。

噢，對了！如果導致小腦底部發生蛋白質凝固的腐蝕性物質是由體外向顱內注射的，那麼在注射的過程中，很可能有腐蝕性物質滴落在死者衣著上。

當我再次檢查死者的內衣時，果然發現死者貼身穿著的內衣領子上有五個滴狀的米粒大小的斑塊。斑塊處的纖維不僅變成了灰色，而且質地也變脆了，稍加觸動即可取下，顯然這是被強酸腐蝕的痕跡。

謎底揭盅

打開死者的脊髓，我發現在第三至第四節胸椎橫切面以下的脊髓有明顯的液化壞死，有些地方幾乎完全溶成粥狀，脊椎骨呈灶狀脫鈣並軟化。一看就知道，這些病變不是由疾病所致而是強酸作用的結果。

我立刻將死者第一頸椎旁的那塊有異常發現的肌

完成屍檢後，法醫要填寫一份屍檢報告。

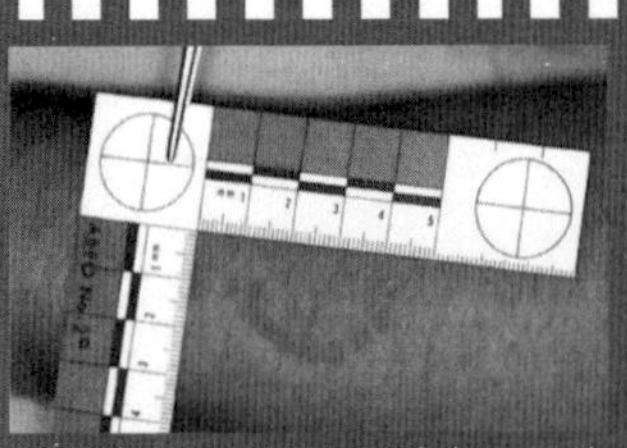

屍表檢查是法證人員確定死因的其中一個重要步驟。

肉、死者小腦底部發灰的組織還有病變的脊髓，一併送到了病理實驗室和毒化分析室。

檢驗結果證實了我的推斷：所有檢材，包括死者第一頸椎旁的肌肉、死者的小腦組織、死者的脊髓等，經過病理組織切片檢查證明，全都呈現出蛋白質凝固性壞死的病理改變。

到此，謝先生離奇癱瘓的病因終於給找到了，是酸性物質由胸椎間進入脊椎管腐蝕了脊髓橫斷面而導致的必然結果；謝先生神秘死亡的原因也找到了，是酸性物質由啞門穴通過枕骨大孔進入人體生命中樞而導致的結果。

多麼陰險毒辣而又隱蔽的殺人手段啊！難道兇手真的會是那個看似小鳥依人的 GiGi ？

兇手的情色自白

據調查，GiGi 十年前畢業於內地一所護士學校中醫部。從 GiGi 的

同學口中得知，她是個上課成績不大好，但交際手腕卻非常高明的女子。護士學校畢業後，她沒有像絕大多數同學那樣選擇做護士，而是選擇當別人的情婦。不到一年，她就看中謝先生做獵物。

據謝的好友們所說，謝先生二人夫妻關係極佳，是少有的一對模範老夫少妻，謝常常向人炫耀妻子的美貌，還有其熟練的針灸技術。

可是，謝先生連做夢都想不到，正是「愛妻」這熟練的針灸技術，送他上了西天。

中醫所說的「啞門穴」，正是西醫做小腦延髓池進針的部位，該池前面緊靠人的生命中樞——延髓。因此，人們歷來認為在此處穿刺非常危險，稍有不慎即可傷及延髓使人立即死亡，故有「禁區」之稱。所以，一般西醫很少做此穿刺。

在探員盤問 GiGi 時，她表示自己嫁給謝先生將近十年了。十年畸形的夫妻生活把這個貪慕虛榮的小女孩，磨煉成了一個陰險毒辣的女殺手。

「我一邊尋找著致他於死地的機會，一邊努力地博得他的歡心。我每天服侍他，陪他玩亂七八糟的令人作嘔的性遊戲！最終，我發現可以利用為他針灸的機會，將他置於死地。」

「為了實施我的計劃，這幾年，我看了許多關於法醫書籍。我不敢在家裡看，而是趁他不在家時，一個人走到圖書館看的。我發現法醫病理解剖一般是不檢驗脊髓的，如果毒物沒有進入全身的血液循環系統，法醫就查不出來了。因此我先選用了腐蝕局部的硫酸從胸椎注入，造成謝先生癱瘓的事實。接著，我又在啞門穴直接向人體的生命中樞注入硫酸而致他於死地。」GiGi補充。

「殺死他，我一點也不後悔！反正我已經生活在地獄裡了，我還怕什麼呢？」就這樣，這宗離奇命案，在我的解剖刀下一舉破解了。

據當天的夜班護士表示，在死者過身前一晚，他曾意識清醒地要求夜班護士關閉病房外過道的大燈。但前後不過才一個小時，當事人就死了。

資料室

犯罪現場留下的破案線索

記得 GiGi 曾經說過：「為了實施我的計劃，這幾年我看了許多關於法醫的書。我並不是在家裡看，而是趁他不在家時，一個人悄悄走到圖書館看的。我發現法醫病理解剖一般是不檢驗脊髓的，如果毒物沒有進入全身的血液循環系統，法醫就查不出來了。」

其實，無論犯罪分子如何精心策劃犯罪，有一件是絕對可以肯定：他們在離開現場之前一定會留下破綻。

1 唇紋

在刑事犯罪過程中，許多暴徒施暴後，隱匿了指紋等犯罪線索。然而，在受害者的身上或臉上，可能會有暴徒留下的唇印，而它完全可以使罪犯墜入法網之中。

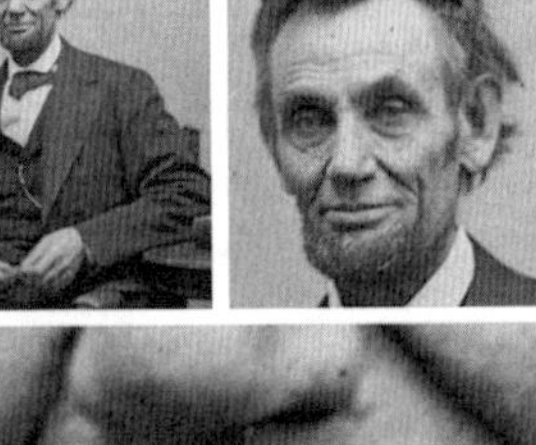
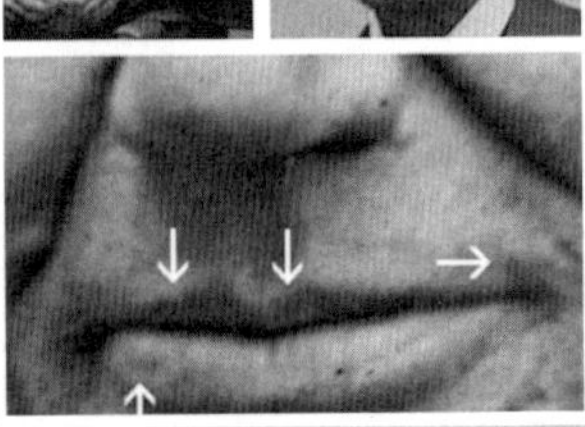

◄人的口唇上的溝線各不相同，按其凹紋形狀可分為六種類型，再加上口型的不同，令唇紋每個人都見獨一無二。圖為美國前總統林肯的唇紋分析。

唇紋，是指每個人的口唇圖紋，即人的唇部紅色部分的紋理。表面看來，唇紋的線條單純、簡明，實際上當塗上口紅，而將其印在紙上時，便會發現它的粗細長短各不相同。專家們已經對唇紋進行了深入的研究，並且根據唇紋上的線條、分叉、交叉等，進行了唇紋模式的基本分類。

研究表明，人的口唇上的溝線各不相同，按其凹紋形狀可分為六種類型，再加上口型的不同，就更加顯得複雜，使得唇紋也和指紋一樣具有「萬人不同，終生不變」的特性。

科學家指出，在人的唇紋上平均有上千個迴異特徵，具有高度的個體特異性。例如美國紐約警方就曾依據唇紋，輕而易舉地抓獲了幾名強姦犯。而在國際法醫學會上，許多專家都就唇紋對於偵破工作的意義和貢獻，提出了頗有價值的研究報告。

2 齒紋

牙齒不僅是人體中最堅硬的部分，而且還能夠保留原來牙齒上的各種痕跡。同時，由於每個人上下齒的排列都不一樣，所以在咬東西時留下的齒紋也不相同。

牙齒對確定一個人的身份具有特別的作用。例如英國樸茨茅夫警方

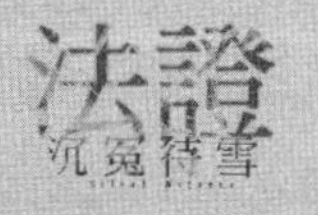

曾通過辨認犯案者的牙齒排列，偵破一宗變態男子咬人事件：一名叫莫斯特的男子跟蹤一名少女，並趁少女進電話亭報警時，一把拉下她的褲子，將其臀部咬傷。

雖然莫斯特犯案後數分鐘便被警察抓住，但他卻矢口否認，並連稱自己是無辜的。調查員於是找來牙科法醫，替莫斯特做了一個牙齒石膏模型，並拿模型與少女臀部的傷口一對，便發現證據有著同樣的特徵，所有記號都與莫斯特不尋常的牙齒相吻合。為了確保不冤枉莫斯特，警方又為此案進行基因測試，結果也證實莫斯特是唯一的咬人者。

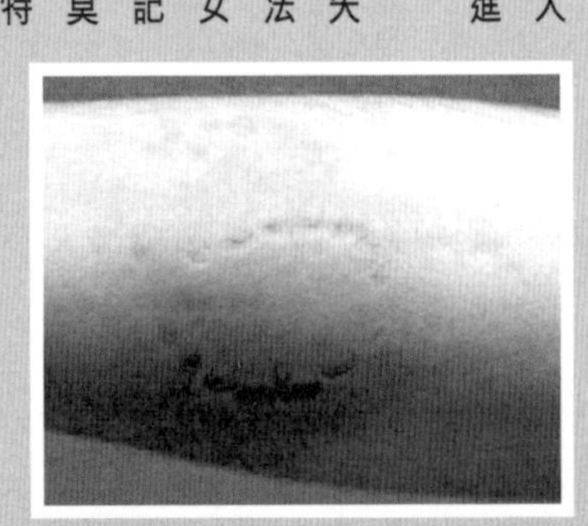

► 由於每個人的上下齒的排列都不一樣，所以在咬東西時留下的齒紋也各不相同。

3 耳紋

所謂「耳紋」，是指我們每個人耳朵上的圖紋。美國人伊厄納萊發明了一種輕易便能獲取耳紋的專用照相機。用它獲得嫌疑犯的耳紋，不僅比獲得指紋容易，而且和指紋破案術一樣可靠。

利用耳紋進行個體識別從二十世紀六十年代開始，瑞士、德國先後有數十例鑑定報導，主要是用於窺聽後破門入室盜竊罪犯的識別。耳的大小與寬度和人體身高無特定關係，耳根的變異也很大，利用耳紋個體識別即是利用外耳，即耳廓、耳輪、耳垂等形態特徵的比對進行個體識別。由於該技術歷史較短，在方法學概率理論方面均未有系統研究，故至今未能得到廣泛的承認和應用。儘管如此，在其他條件尚不具備的情況下，耳紋也不失為一種有用的方法，至少可用於篩選或排除性的識別。

在美國加利福尼亞州大學的檔案室，保存著退休警官伊那利斯自一九四九年至今收集到的各種耳朵資料，其數量達三萬五千對之多。伊那利斯的研究證明，耳朵和指紋一樣，都是非常可靠的「人體身份證」。雖然每個人耳朵的外耳特徵是終生不變的，但世界上沒有相同的耳朵，即使是同一個人的左右兩隻耳朵，也不是完全一樣的。

二十五歲的英國竊賊史維爾，在入室行竊之前將耳朵貼著門窗，偷聽房內是否有人，沒想到卻將自己的耳紋留在門上。事發後，英國警方將留在門上的耳紋，同多名罪犯的耳紋加以比較，證實犯案的人正是史維爾，結果成功將他逮捕歸案。

近年來，利用耳紋進行身份鑑別已十分普遍，在歐美及其他地區，警方已開始利用耳紋來緝捕罪犯。

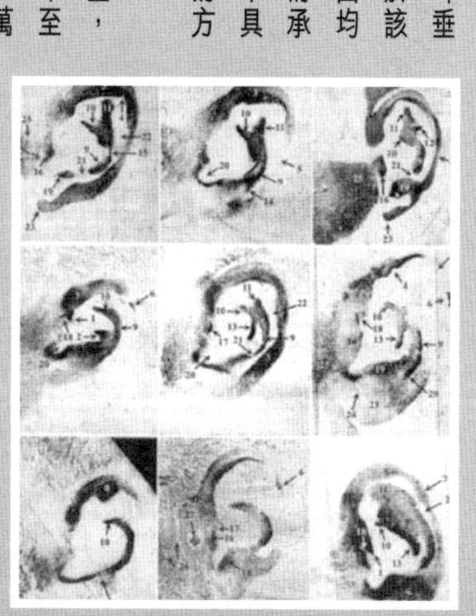

►不少賊匪喜歡將耳朵貼近窗門來偷聽，結果在現場留下「耳紋」。

4 眼紋

人的視網膜是一個十分複雜而又細微的結構，它是人體中又一張天然的「身份證」。研究表明，作為眼底血管膜的一部分，眼紋是一個環狀的薄膜，眼紋中由彈性纖維所構成的結構圖案，早在人出生前就已經形成。這種千姿百態的圖案不僅是隨機的，而且世界上沒有兩個完全相同的眼紋結構圖案。令人感到驚訝的是，對於遺傳基因完全相同的同卵孿生子來說，他們的眼紋結構圖案也不相同；每個人的視網膜結構都有所差異，連自己的左右眼視網膜也是截然不同的。

據説，眼紋上所顯示的「條碼」，總計包含二百多處可供測量的特徵；而電腦僅需核對其中約一百處，便足以驗明是否本人了。作為個人身份的識別標誌，眼紋當之無愧地成為一種唯一的、不變的、可靠的、不用記憶的人體密碼。

專家們通過高智能電子攝像機的掃瞄攝像，可以取得每個人眼底的視網膜攝片，然後存貯於由電腦控制的「眼紋驗證器」裡，將它與低密度紅外線光束進行掃描的鑑別器得出的視網膜圖紋相比較，一秒鐘即可辨別出結果。

用眼紋進行身份鑑定，其可靠性絕對不亞於指紋。英國劍橋大學的

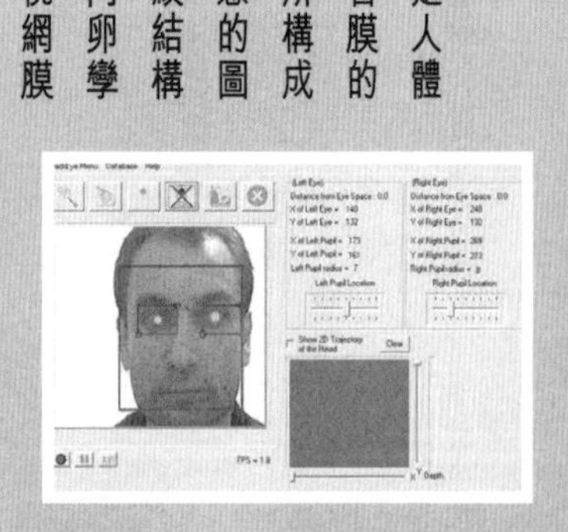

► 據説，眼紋上所顯示的「條碼」，總計包含二百多處可供測量的特徵；而電腦僅需核對其中約一百處，便足以驗明是否本人了。

電腦專家約翰·道格曼教授，是世界上第一個研製成功眼紋識別系統的科學家。他首先利用紅外線對人眼進行錄影，然後再把錄下的眼紋圖案輸入電腦，並轉換成數碼資訊，最後將這一數碼資訊與原先儲存在電腦中的眼紋圖案相對照，如果兩者相符，這個數位資訊便成為可供個人使用的密碼了。

5 髮紋

神探福爾摩斯曾經根據留在失落的一頂帽子裡的幾根頭髮，就奇跡般地判斷出帽子主人的全部外貌特徵，便是發揮了髮紋的獨特功用。

所謂「髮紋」，是指頭髮組成的化學成分。頭髮是人體的一個排泄器官，從組織學上看，頭髮又是皮膚的延伸。由於頭髮中微量元素的含量比尿液，血清中的含量高十多倍，所以通過分析頭髮中某些元素的同位素的比例，及其構造特點，可以準確判別一個人的自身和相關情況。

現代科學完全可以從一根頭髮中檢測出一個人的年齡、性別、血型、職業、人種、飲食習慣、生活地區、環境條件、健康與營養狀況等，真可謂測一髮而知全身了。正因如此，髮紋才被作為鑑定人類身份的有力證據。

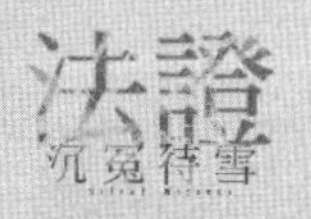

CASE
THREE

「兇手用這種手法碎屍，肉塊可能多達二百塊。」我的助手粗略估計。「將肉塊及內臟放入水廁沖走，要花上數小時，肉塊可能已沖出大海，難以尋回。」

「且慢！肉塊用水廁沖走，『新鮮肉塊』較水重，可能會在水渠沙井內沉積。」我忽然靈機一動，說：「鍾警司，你們有到酒店附近的沙井找尋過嗎？」

「說得沒錯！就是因為肉塊將酒店附近的沙井淤塞，我們才揭發這宗命案。」鍾警司說時，各人所乘的汽車已駛進總統酒店。

震驚港澳台的恐怖碎屍案

「澳門總統酒店發生了一宗駭人聽聞的『煎皮拆骨』肢解案，司警希望我們可以提供協助。上頭經已指示重案組探員出發，並表明希望韓法醫能陪同重案組探員一同前往。」重案組偵緝組長德仔表示警方突然接到澳門司警的緊急來電，可見今次情況非比尋常。

多年前，澳門總統酒店曾發生一宗駭人聽聞的肢解案。

到達澳門入境關卡，澳門司警凶殺組鍾警司在場迎接。韓法醫在「人肉叉燒包」一案，與鍾警司惺惺相惜，二人後來更成為莫逆之交，經常和對方交換查案心得。

「這宗『煎皮拆骨』肢解案，在今日（一九九六年六月十八日）下午十二時十五分，由總統酒店的管房阿文發現。」鍾警司特別出動專用座駕接載我們前往總統酒店，途中向各人講述案情：「我做了警探廿多年，還是第一次遇上這樣恐怖的案件。」

同行的重案組偵緝組長德仔問：「鍾警司，當年的『人肉叉燒包案』經已十分恐怖，難道這宗案有過之而無不及？」

「這宗案件最恐怖的地方，是兇手將死者拆骨起肉，將人肉割成小塊，連內臟也如剪牛雜一樣剪成小件，放入廁所沖走。」鍾警司說：「我們在凶案現場未

探員連同法醫由信德中心搭船前往澳門。

在澳門回歸前，當地曾發生過多宗賭場搶劫和凶殺案，但都不及這宗煎皮拆骨案恐怖。

有發現死者的頭顱及骸骨，相信已被兇手帶走。」

「這種碎屍手段實在罕見，兇手為何要帶走死者的頭顱及骸骨呢？」重案組證物組組長細奀提出這個疑問——這個疑問亦是各人心中最想知的東西。

「兇手用這種手法碎屍，肉塊可能多達二百塊。」我的助手粗略估計。「將肉塊及內臟放入水廁沖走，要花上數小時，肉塊可能已沖出大海，難以尋回。」

「且慢！將肉塊用水廁沖走，『新鮮肉塊』較水重，可能會在水渠沙井內沉積。」我忽然靈機一動，說：「鍾警司，你們有到酒店附近的沙井找尋過嗎？」

「韓法醫不愧為韓法醫！就是因為肉塊將酒店附近的沙井淤塞，我們才揭發這宗命案。」鍾警司說時，各人所乘的汽車已駛進總統酒店。

這宗肢解案最恐怖的地方，是兇手將死者拆骨起肉後，將人肉割成小塊，連內臟也如剪牛雜一樣，剪成小件，放入廁所沖走。

兇徒的殺人手段，令人聯想起電影《人肉叉燒包》內的情節。

七一三號房間

酒店的部分範圍已被司警封鎖以便查案，但仍有不少住客好奇地向酒店員工打聽案件的消息。

在鍾警司帶領下，我們終於到達案發現場：七一三號房間。

揭發命案後，為方便司警調查，酒店將這層樓的住客安排到其他房間暫時居住，司警將這樓層封鎖，並在此設立指揮中心。

為方便重案組人員更清楚案件的來龍去脈，鍾警司再為揭發此案的酒店管房阿文錄取口供。

阿文說：「今日中午十二時，我和其他同事如常在這層樓進行清潔工作及檢查房間。通常在這段時間，客人都會Check Out（退房），我們要到房間查看見客人是否經已離開，有沒有遺下個人物品，又或者房內的設

由於肉塊將酒店附近的沙井淤塞，令司警得以揭發該宗命案。

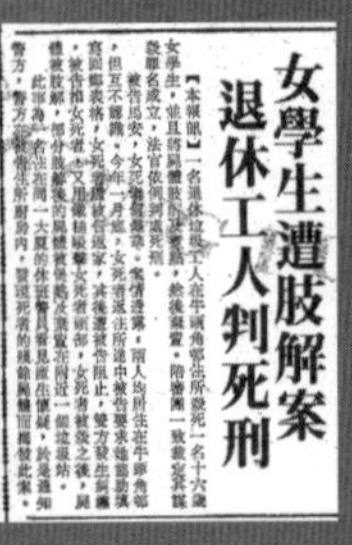

女學生遭肢解案
退休工人判死刑

冷血殺人案件時有發生，兇徒往往將目標鎖定在女士們的身上。

施是否遭到破壞。」

「當我進入七一三號房進行清理時，房間內沒有人，但窗簾卻被人拉上，房內的兩張單人床上的被鋪十分淩亂。」阿文一臉驚惶地說：「當我執拾被鋪時，發現被鋪上有一些血跡及肉碎，於是打電話通知房務部主管陳經理。」

「陳經理到來，看過那些血跡及肉塊後，認為事有可疑，於是與我再詳細檢查房間。」阿文說：「我們在浴室發現兩條大浴巾及兩條小毛巾，毛巾上沾滿血跡及肉塊，而水廁內塞有肉塊及有大量血跡。」

陳經理與阿文從血跡及肉塊聯想到碎屍案，兩人頓時感到毛骨悚然，於是迅速由房間退出走廊，大口大口的吸氣，但仍無法紓解胸口的不適，嘔吐大作。

血跡血塊均屬人類所有

嘔吐完畢，陳經理吩咐阿文在七一三號房外等候，而他在與酒店高層商量後，決定打電話報警。

「司警接報到場調查，初步檢查後認為在房內發現的血跡及血塊均屬人類所有，於是封鎖現場及通知司警凶殺組探員到場調查。」鍾警司對我們說：「當凶殺組探員到場接手調查期間，酒店的工程人員說在沙井找到一些人類肢體及肉塊，那些東西將沙井淤塞。」

「酒店的水渠在今日中午出現嚴重淤塞，我們在下午一時派工程人員到酒店前的水渠沙井挖掘清理，豈料挖出大量人體內臟、肉塊及三隻手指，當時的情況異常恐怖。」酒店的工程人員陸先生將情況告知酒店的負責人張先生，由張先生通知在凶案房間調查的探員。

探員收到報告後到酒店前的水渠沙井調查，發現掘

事發的地方在澳門一所著名的酒店中。

出的肉塊，每塊約五吋乘三吋左右，重約半斤，肉塊和手指的切口相當齊整，相信由利器切割，但未有發現任何骸骨。

探員從酒店的建築圖則，知道發現肉塊的水渠沙井，是酒店的污水排放必經地方，為防酒店繼續排出污水沖走證物，吩咐酒店將污水喉關上。

「地底喉管探測車」協助搜證

由於水渠沙井太窄，無法派人下去搜查，探員向工務局借用一部地底喉管探測車協助搜查沙井。

「地底喉管探測車」是一部裝有攝錄機的遙控車，這部車可以在狹窄的水管中行走，操控人員可從地面的閉路電影，看到由探測車傳送來的畫面。

地底喉管探測車亦可利用裝在車上的機械臂及吸管，收集樣本及清

除淤塞物，一大堆中人欲嘔的肉塊連同穢物及泥沙，經由吸管吸到十個儲存桶內，探員將這些儲存桶送到殮房，由法醫作進一步檢驗。

「我們雖然在酒店的沙井內發現大量肉塊，但我們相信在沙井淤塞前，可能有肉塊或證物沿水渠流走沖至別處，於是通知市政廳派出渠務人員協助，派人爬進附近多個水渠搜索，但未有新的發現。」鍾警司對我們說：「那些肉塊及證物可能已透過污水處理廠排出大海。」

「我們初步相信肢解第一現場是在酒店的七一三號房，兇手殺人後將死者煎皮拆骨，並用利器將死者肢體切成多塊小肉，將肉塊從廁所沖走企圖毀屍滅跡，但由於肉塊太多，所以把酒店的沙井弄得淤塞。」鍾警司說：「房中的血跡曾被人清洗過，但由於血跡及肉塊太多，所以房內及浴室仍留有不少血跡及小團肉塊。」

案發現場用水量一度大增

「我們認為兇手是在浴室的浴缸內將死者放血肢解，從凶案房間的用水量一度大增推測，兇手是一邊將屍體肢解，一邊用水沖走血跡。」

鍾警司說：「從酒店的租房紀錄得知，現場客房在案發前由一名持通行證，由大陸來澳門旅遊的女子張釗租住。」

「這名住客於六月十日隨一個內地旅行團來澳門旅遊，該旅行團已於六月十六日離開酒店返回國內，但這名住客則獨自留下，繼續租住房間。」酒店的陳經理說：「不過，七樓的管房在昨日中午後已沒有再見過她，而她亦沒有辦理退房手續。」

「酒店的管房在昨日清理凶案房間時，可有特別發現？」重案組探員問鍾警司，鍾警司找了酒店管房阿文前來解答。

「我在昨日中午清理房間時，房內有兩名女子在閒談。」阿文說：「兩名女子一個長髮，身材豐滿，是租住房間的張釗，另一個短髮，身材瘦削，張釗說那名女子是她的朋友。」

「指導性誤導問題」的心理戰

「在檢獲的殘肢中，有一隻手指塗有指甲油，你有否印象，張釗及另一名女子塗什麼顏色指甲油呢？」探員問阿文。

探員知道撿到的手指，是塗紅色指甲油的，為免說出指甲油的顏色，會出現「指導性誤導」（即被問的人因為受到提問的影響，就算不記得指甲油的顏色，也會說是紅色。）

「我記得張釗是塗紅色指甲油的，至於另一名女子，我就不記得了。」管房阿文說。

從管房阿文的口供及撿獲塗有指因油的手指，探員相信死者是一名女性，而失蹤的張釗，可能就是受害人。

與張釗在房內談話的女子，會否是這宗「煎皮拆骨」案的兇手呢？如果她不是兇手，這名女子現在去了哪裡呢？

「你在整理房間時，有沒有聽到兩名女子的談話內容呢？」探員問管房阿文。

「短髮女子對張釗說，已約了『小宋』到來，拿到錢之後就可以回鄉，不用留在澳門提心吊膽。」管房阿文說。

「小宋」究竟是什麼人呢？他和張釗與短髮女子是什麼關係？兩名女子為何又會提心吊膽呢？這些疑問在探員的腦海中驅之不散。

事件哄動港澳傳媒

總統酒店發生「煎皮拆骨凶殺案」消息傳出後，立刻哄動港澳傳媒，大批記者湧到酒店採訪。為免傳媒妨礙調查工作，澳門司警發言人歐萬奴在現場向傳媒提供有關這案的資料。

歐萬奴說：「發現的殘肢現在進行化驗，肉塊頗為新鮮，並有血水滲出，估計死者遇害不足四十八小時，但死者的頭顱及骸骨現時下落不明，不排除兇手將死者殺害後肢解，再將骸骨帶走棄掉。」

「這種『煎皮拆骨』方法，在澳門是首次出現，兇手似乎與死者有深仇大恨，令人毛骨悚然。」歐萬奴說：「被發現的殘肢肉塊，每件約重半斤左右，全是被尖刀等物削骨切成，內臟亦切成小方塊。」

「兇手若不是與死者有血海深仇，就是變態的冷血兇徒。」歐萬奴說：「肢解凶殺案的凶徒多數只會將屍體的手、腳及頭切下，目的是方便棄置，但今次的兇手卻是把屍體逐片起肉，將內臟剁成碎塊，實在令人感到噁心。」

「兇手把肢解後的肉塊，放在廁所沖走，這種手法亦是在澳門首次發生。」歐萬奴說：「不過，天網恢恢，肉塊堵塞了沙井，最終揭發這件凶案。」

歐萬奴向傳媒透露案情後，探員亦已完成現場的調查工作，將證物帶返警署。

行動被監視

當澳門司警凶殺組探員從現場撤走後，鍾警司及我們仍留在總統酒店研究案情。

「既然大家忙了一整天，現在也是吃晚飯的時間，今日就由我做東，請大家吃飯，然後到夜總會消遣一下吧！」鍾警司對我們說。

之後，各人隨鍾警司離開案發現場，當德仔在升降機大堂等候升降機時，突然感到自己有種被人監視的感覺，他向四周張望後，對鍾警司說：「這間酒店的走廊是裝置有閉路電視的，說不定會錄到『小宋』進入房間的片段，我們找陳經理問問。」

「這間酒店的每層樓的走廊都裝有閉路電視，錄影帶會存放三日時間才清洗，我現在就去拿那些錄影帶給你們。」陳經理說：「你們如要立刻觀看，可以在保安室的電視機觀看。」

酒店的錄影帶果然錄到凶案房間七一三號房走廊的情況，在六月十七日下午三時十八分，張釗與短髮女子離開房間，乘升降機外出，到下午四時三十七分，兩名女子與一名男子從升降機出來，態度親熱的進入七一三號房。

六月十八日早上七時零三分，一名男子從七一三號房出來，手上拿兩個手提包，乘升降機離開，自此即無人再由房間出來。

「案中死者可能不止張釗一人，那名短髮女子相信亦已遭毒手！」德仔的說話，令在場各人佩服他的敏銳觀察力。

六月十八日中午十二時零九分，管房阿文進入七一三號房，揭發凶案。

看完錄影帶後，鍾警司召來凶殺組探員，將那盒錄影帶取走，鍾警司對探員說：「錄影帶攝到兩名與案有關女子及一名男子的樣貌，你將三人的樣貌轉拍成照片，發給各手足進行調查。」

窺探澳門的娛樂事業

探員離去後，我們與鍾警司一邊晚膳一邊研究案情。飯後，一行人到酒店附近的夜總會消遣，我與鍾警司在夜總會的房間聊天，德仔及細㚢則在夜總會的大廳以客人身份打探消息。

夜總會十分熱鬧，而今日的熱門話題，自然是在總統酒店發生的「煎皮拆骨」凶殺案，不少客人在口沫橫飛地說案情，他們所知的較負責這件案的鍾警司還多，而在他們身邊的聽眾（夜總會小姐），又怕又要聽。「案中的其中一名死者叫做張釗，聽說是你們的姐妹。」德仔對陪坐的夜總會小姐娟娟說。

「張釗？我可沒有聽過。」娟娟說：「我們這個場有幾百個小姐，除非是同屬一組，否則連她們的名字也不知道。」

德仔從娟娟口中，得知這間夜總會的小姐，由一個集團控制，這個集團分多個小組，負責為夜總會找小姐。

那些小組會到內地各處（主要是北部地區，可遠至遼寧、吉林、黑龍江東三省等地）找小姐，安排他們到珠海「受訓」（接客），然後分批安排參加「澳門遊」，藉遊覽澳門期間到夜總會「工作」，期滿後返回珠海，過一段時間又到澳門，周而復始。

受客人「歡迎」或有客人出錢「包起」的小姐，集團會為她們提供澳門通行證，令她們可以在澳門逗留更長時間。

由於這些小姐都是「黑人黑戶」（在珠海及澳門都是黑市居民），而在南來的時候，亦已收了一筆「上期」（由一萬元至十萬元不等），所以她們的「收入」都交由所屬「組頭」保管。這些「組頭」會將「收入」交給集團，當小姐「約滿」（還清欠債及為集團帶來「合理利潤」），小姐就可以向「組頭」取回屬於自己的金錢回鄉。

由於「組頭」直接影響小姐的「收入」，大部分小姐都會給些好處「組頭」，這些好處包括金錢及肉體兩方面。

當德仔從小姐口中得知「組頭」與小姐關係的時候，細豕找到一名與張釗認識的小姐玲玲。

「張釗是總統酒店碎屍案的死者？你有沒有騙我？」玲玲問細奀。

「我有一名朋友是做司警的，是他告訴我的，我的可是第一手消息啊！」細奀說。

「這可慘了，張釗上星期和我說，已賺了十多萬，打算回吉林老鄉起屋和男友結婚。」玲玲說時神情黯然：「她死得真是太慘了！」

「如此說來，你與張釗同屬一個組頭，是不是？」細奀從德仔口中得知「組頭」制度，於是問玲玲。

「是啊，我和她都是『小宋』那一組的，『小宋』是我們的同鄉。」玲玲說。

「你知不知道『小宋』現時在哪裡？」細奀問。

「由昨日起我已經沒有見過他，可能又到賭場賭到天昏地暗吧。」玲玲說。

細妹聽了玲玲的說話後，把他帶到鍾警司所在的房間，鍾警司吩咐探員取來從酒店錄影帶轉成的三張照片給玲玲辨認。

玲玲認出相片中的男子就是「小宋」，長髮女子是張釗，短髮女子則不知身份。

突破性的進展

夜總會的調查有突破性進展，鍾警司相信「小宋」犯案後已逃回內地，可能會逃返吉林匿藏，於是通知珠海公安局及廣東省公安廳協助追捕。

案發翌日，鍾警司安排我與部分探員到殮房，協助澳門法醫檢查從沙井撿獲的殘肢，法醫將撿獲的肉塊及殘肢分類後，發現有兩隻切口齊整的左手尾指，進一步確定碎屍案中遇害死者不止一人。

除一團團肉塊外，較完整的還有兩根手指及一隻塗有指甲油的腳尾趾，餘下就是大批內臟和肉塊。

最令法醫感到意外的，是在沙井內發掘出大批人體殘肢中，發現一個做隆胸手術的矽袋。

鍾警司從夜總會小姐玲玲口中，知道張釗曾造過隆胸手術，相信撿獲的矽袋屬張釗所有。

由於當時澳門的鑑證設施未能進行DNA化驗（去氧核糖核醋，遺傳因數），所以未能用DNA方法將肉塊及殘肢分開，再組合砌出人形。

「兇手如果只有一人，要將兩名女子弄死的話，可能會先令死者失去知覺，我認為應該進行毒物及藥物化驗。」我表示。

毒物及藥物化驗結果顯示，肉塊中有過量「四號海洛英」，份量足以致命，相信兩名死者是先被人注射過量毒品，失去知覺後才被肢解。

「在一般情況下，注射過量海洛英，由昏迷至死亡的時間可長達二十四小時，而通常在昏迷四小時內都仍未致命。」我說：「從肉塊的切口收縮情況，我相信死者在被肢解時仍然生存，只不過是陷入昏迷

狀態。」

豈料我的說話，竟然令在場各人不寒而慄，如果我的推測沒錯，兩名死者就是被兇手活生生肢解的了。

「從肉塊及內臟的切口，我推測兇手是用有鋸齒的餐刀將死者肢解。」我繼說：「這把餐刀可能來自酒店的餐廳，兇手可能已將這把餐刀混在酒店的其他餐具內，相信我們可以找到兇器的機會微乎其微。」

小宋＝李展揚？

另方面，探員拿兩女一男的照片四出調查時，查出「小宋」最近曾在回力酒店租房，但「小宋」的登記資料，卻是一名叫李展揚（二十歲）的男子，在珠海居住。

探員將李展揚的資料知會廣東省公安廳及珠海公安局，要求協助追查他的下落。

這宗哄動港澳的「煎皮拆骨」肢解案令傳媒十分關注，為免傳媒為求「出位」而誇大案情，如「人肉叉燒包」案般引起公眾恐慌（當時謠傳兇手將死者屍體製成叉燒包出售，令市民聞叉燒包色變），司警決定由發言人歐萬奴對傳媒統一發佈消息及案情進展。

歐萬奴對傳媒說：「由於本地鑑證化驗未能分辨 DNA，所以無法確定有多少人遇害，若有需要可能會要求香港協助化驗 DNA。」自六月十八日在總統酒店前水渠沙井挖出人體碎肉後，由於水渠最終目的地是污水處理廠，有關方面表示已嚴密檢查污水，但至今仍未有遇害者的頭顱軀骨等殘肢發現。澳門司法員警司於六月十九日，呼籲市民提供任何有關一名叫 LEE CHIN YEUNG（譯音：李展揚）的中國籍男子下落的消息，該名男子於一九七七年十月廿六日，於中華人民共和國珠海市出生。警方同時呼籲市民提供一名亞洲裔女子消息，該名女子年約二十歲，於六月十七日晚上八時許，陪同一名長髮年輕女子進入總統酒店七一三號房。

公安尋獲李展揚

六月二十日凌晨，懷疑與凶殘碎屍案有關，為澳門警方通令找尋的內地男子李展揚，在珠海為公安人員尋獲。

李展揚在接受珠海市公安人員盤詰調查時，報稱身份證明文件於較早時遺失，已向有關方面報失。

「我在最近這幾個星期根本未有離開珠海，你們可以查看我的出入境記錄，我亦有人證可以證明我有不在場證據。」李展揚對珠海公安人員說。

公安人員調查證實李展揚在過去四星期都無出境記錄，而李展揚提供的人證亦證明他在案發期間沒有離開過珠海。

珠海公安人員懷疑有人在取得李展揚的證件後，利用他的證件在澳門回力酒店及總統酒店租房，有理由相信兇徒是有計劃行事。

珠海公安人員找到李展揚後，澳門警方派出探員赴珠海了解情況，探員將李展揚與酒店錄影帶照片對照，發現兩個「李展揚」在身材或樣貌方面都有很大分別。六月二十三日，下午三時許，於氹仔舊大橋旁邊的史伯泰海軍將軍馬路，興建「主題公園」的地盤，發現兩個腐爛人頭。

「當時我在草叢圍架起鐵欄，見到草叢中有一袋物件發出惡臭，查看下才知道是一個人頭，於是立刻報警。」發現人頭的工人對探員說。

大批司警凶殺組人員及情報廳探員接報趕至，並在首先發現的頭顱的一米外，再發現另一個用袋裝的人頭。

司警懷疑在附近仍有其他肢體，派出大批司警在上址草叢及沙灘展開大規模搜索，個多小時後卻未有新發現。

被發現的兩個頭顱連著頸部，同屬女性，一個長髮，一個短髮，以白色和黃色膠袋獨立包著，棄置草叢，兩個頭顱已腐爛不堪，發出陣陣惡臭。

司警發言人歐萬奴對傳媒表示：「被發現的兩個女性頭顱，暫未能

確定是否屬總統酒店遇害死者，需待法醫官化驗確定。」

「骨骼重疊」技術

兩個頭顱經我利用「骨骼重疊」技術，確定是在總統酒店七一三號房間失蹤的張釗及短髮女子。

「骨骼重疊」是一種根據人體骨骼重塑顏容的技術，可憑一塊骨頭，利用電腦的數碼技術，塑造出骨頭主人的容貌。一九九七年七月五日，廣東省公安廳證實，在澳門新口岸總統酒店廁渠揭發的女性碎屍案件，廿九歲疑兇宋文會在吉林省原居地落網。廣東省公安是在外來人暫住登記檔案中尋獲宋文會的資料，並於六月二十九日待他回家向母親拜壽時將他拘捕。廣東省公安廳及珠海公安局於七月五日上午，在珠海刑警中隊大樓

多個傳媒均有報道今次的事件。

近年來，類似這宗殘酷肢解的案件時有發生。

舉行新聞發布會，正式宣佈他們偵破澳門「煎皮拆骨」殺人碎屍案，並講述了有關案情。

其實，在法醫學的實踐中，根據骨骼判斷性別方法很多，總的可分為兩類：對比觀察法和測量法。

1 對比觀察法

即用肉眼觀察骨骼形態特徵的差異來判定性別。一般，男性骨骼粗大，表面粗糙、肌肉附著處的突起明顯，骨密質較厚，骨質重；女性骨骼較細弱，突起不明顯，骨面光滑，骨質較輕。但長期從事體力活動的婦女，其骨骼與男性無顯著差異。骨骼的性別差異以骨盆最為明顯，其次是顱骨，其他如胸骨、鎖骨、肩胛骨、四肢長骨等亦有一定的性別差異。

骨盆的性別差異在胎兒期就已呈現出來，性成熟後更為明顯。

2 測量法

即利用儀器（如骨骼測量儀）測量骨骼的長、寬、高、角度及厚度等，根據所得的資料判定骨骼的性別。常用的方法有兩類：

（1）均值法：將所測得的資料與男、女的總體均值比較，若測量結果所得的數值在男性總體均值內，則該骨骼屬男性反之為女性。由於人類個體差異較大，男女骨骼各均值均有較大的重疊部分，若所得的數值在重疊部分，則不能判定骨骼的性別。

（2）判別函數法，將所測得的數值，列入回歸方程式中計算，比較結果與臨界值，判定性別。

廣東省公安廳刑偵重案組副局長侯同芬指出，宋文會落網後對公安說，他因為在澳門賭場敗北，欠下二十萬元賭債，走投無路加上害怕手下兩名「北姑」揭穿他「虧空公款」，於是殺人碎屍，將碎肢沿廁渠沖走毀屍滅跡。

顱骨的性別差異

項目	男性	女性
一般性狀 顱骨的厚度	粗糙，肌線明顯，大而重 較厚	較光滑，肌線不明顯，小而輕薄
顱腔	較大，容積約1,450毫升	較小，容積約1,300毫升
側面觀	前額及頂部呈弧線狀	前額垂直，頂部平坦
額結節	不明顯	明顯
上眉間窩	有	無
眉間發育	明顯，突出於鼻根之上	不明顯，較平直
眉弓	明顯突起，表面多有小孔	不明顯，表面幾無小孔
眼眶	類方型，眶上緣較鈍	類圓形，眶上緣較銳
鼻根點	凹陷較深	較淺
梨狀孔	窄高	寬低
項線	粗大	不明顯
枕外隆凸	粗大	較小
乳突	大，後緣長，圍徑大	後緣短，圍徑小
枕骨大孔	大	小
枕骨髁	大	小
下頜體	較高，平均高度為29.1毫米	較低，平均高為26.3毫米
下頜支	較寬，最大寬度為42.4毫米	較窄，最大寬度為39.1毫米
下頜骨角	外翻，較小，平均小於120度	外翻不明顯，較大，平均大於120度
下頜骨頦區	方圓或鈍圓，結節強壯粗糙	圓形或銳圓，結節中等，平滑

骨盆的性別差異

項目	男性	女性
一般性狀	狹小而高，骨質較重	寬大而矮，骨質較輕
骨盆壁	肥厚粗糙，側壁內傾而深	纖薄光滑，側壁平直而淺
入口	縱徑大於橫徑，呈心型或楔型	橫徑大於縱徑，呈圓型或橢圓型
出口	狹小	寬大
盆骨	狹小而深，上口大，下口小，呈漏斗狀	短而寬，呈圓桶型
坐骨大切跡	窄而深	淺而寬
坐骨結節	不外翻	外翻
髖臼	大，朝向外	小，朝向前外
恥骨	聯合面高；上下枝結合部呈三角形，恥骨角小，70-75度	低；結合部呈方形；恥骨角大，90-110度。分娩後聯合面背側可見分娩瘢痕
閉孔	大，卵圓形，內角約110度	
髂翼位置	垂直	水平

宋文會經常介紹大陸女子到澳門賣淫，他與兩名被害的夜總會舞女相識。

宋文會

侯同芬指出：「在案發後，粵、澳警方迅速交換情報，協助偵緝案件。廣東省公安部門組成的緝捕小組，在掌握線索後，遠赴吉林省與當地公安部門聯手，於案發後八日，即六月二十六日將疑兇宋文會拘捕，並扣解返珠海案訊。」

案中殺人犯宋文會，男（二十九歲），吉林市人，已向公安承認與案有關和交代犯案經過。

「在今年六月十八日，澳門總統酒店客房揭發了這宗駭人碎屍案後，澳門司警將有關案情知會省公安廳，要求協助追查。」侯同芬說：「澳門警方消息顯示，疑犯為非法入境者，並且用一名珠海市居民李展揚的報失身份證貼上自己照片，以及用偽造護照在澳門總統酒店登記入住。」

「珠海公安人員其後證實犯案的『李展揚』另有其人，而澳門司警透過現場酒店閉路電視，注意到一名可疑男子。」侯同芬說。「宋文會是一名不務正業的流氓，經常介紹大陸女子到澳門賣淫，他與兩名被害的夜總會舞女相識。」侯同芬說：「在夜總會的舞女中，有人認識疑兇，司警在調查過程中掌握了宋文會的資料。」廣東省公安廳刑偵局與珠海市公安局在與澳門司警交換資料後，在內地展開千里追捕，終在吉林市將疑兇宋文會拘捕。宋文會被捕後，向公安招認犯罪過程和殺人動機，他說犯案是因為在澳門賭錢欠下二十萬元賭債，在大耳窿逼債下生歹念。

在公安再三盤問後，宋文會終於承認自己是賣淫集團的「組頭」，經常在吉林原居地物色女子到珠海及澳門賣淫。為方便控制這些女子，他通常會令她們染上毒癮。

那些女子都要經由宋文會「試驗指導」，認為有「接客潛質」才會安排南下，每名女子可先得到一萬元「上期」，到達珠海後，每接一個客可扣十元。換言之，這些女子要接一千個客才可還清「上期」，之後就再集團安排到澳門「接客」，每接一個客可得拆帳五百元，客人的貼士則歸女子所有。

這些女子在「接客」期間，衣食住行及一齊證件費用，都由賣淫集團負責，一般來說，每名女子在珠海每日「接客」四十個，大約一個月就可還清「上期」。

如果獲安排到澳門賣淫，就會在賣淫集團的夜總會做「小姐」，平均每日接兩至三個客，小姐每月連拆帳及貼士可得五萬元左右，這筆錢經「組頭」存放在賣淫集團，到這些女子回鄉時，才由賣淫集團發還。

由於這些「肉金」經過「組頭」之手，有部分組頭在收到錢後，沒有全數交給集團，私自扣起部分「肉金」作為賭本或者「放數」（做高利貸）。

宋文會在收到張釗等女子的「肉金」後，到賭場博彩輸光，而張釗及短髮女子（宋文會說這名女子叫唐由，但公安局無法查證她的身份。）向宋文會要求取回「肉金」回鄉，宋文會恐怕事情被賣淫集團知道，藉詞拿錢給她們，在總統酒店七一三號房間，先為兩人注射過量毒品針，將兩人殺死再肢解。

案中兩名受害人，根據多種證供，其中一人相信是和宋文會一同隨旅行團到澳門遊玩的團友張釗；另一名仍無法查證身份。中澳兩地警方可能要香港警方提供 DNA（脫氧核糖核酸）鑑證技術，利用已尋回的殘肢核證兩名死者的身份。

廣東省公安廳刑偵重案組副局長侯同芬透露，廣東省警方在六月十八日，即揭發碎屍案當日，接獲澳門司警提供案情和疑兇資料後，馬上展開偵查，很快將涉嫌租住酒店七一三號房間（即案發第一現場）的登記住客李展揚（男，二十歲，珠海人）拘捕調查，但發現李展揚的通行證已在本年五月報失，期間一直沒有離開珠海，兇手另有其人。

公安人員經進一步深入調查，很快便找出重大嫌疑犯宋文會，他曾多次到澳門，並喜歡入賭場玩樂，前後輸掉二十萬元，並欠下「大耳窿」巨債。

宋文會原本在吉林當司機，後來開了一間有暗娼之咖啡室，但在嚴打下被迫關門，帶同兩名女子到珠海重操故業。宋文會到珠海後，經常利用假雙程證到澳門「搏殺」，初期稍有斬獲，贏的錢由三數千到數萬元不等，但於今年六月十三日他再到澳門時，不單止將以往

被騙往賣淫的女子在「接客」期間，衣食住行及一齊證件費用，都由賣淫集團負責，一般來說，每名女子在珠海每日「接客」四十個，大約一個月就可還清「上期」。

澳門的娛樂事業五花八門。

所贏的全部輸光，更自認為珠海市「大款」，先後向大耳窿借了二十二萬元，但最後亦輸光。

宋文會由於無力還錢，殺害張釗及短髮女子後將屍體肢解，除了用餐刀作肢解工具外，部分肉碎更是用手撕開，將屍體分成肉碎後，大部分沖入廁所。

宋文會將死者骨頭及頭顱帶走拋棄，由澳門經珠海逃往河南，再逃往江山、信陽、北京，途中經常致電回家探問是否有不尋常事情發生，知道沒有異樣後，才回到吉林的老家。

宋文會抵河南後，廣東省公安追捕組已掌握線索，趕赴吉林省，在吉林省警方協助下，於六月二十六日將宋文會緝拿歸案。

「宋文會向中國公安供稱，他犯案時是利用他人的身份證明文件進入澳門，他亦曾多次偷渡進入澳門。」廣東省公安廳刑偵重案組副局長侯同芬說：「澳門警方未有要求將疑犯引渡到澳門受審，由於兇手嫌是吉林省人，按照國內司法程式，宋文會將交由珠海司法機關審訊。」

CASE FOUR

筆跡可以鑑定，但用打字機打出來的死亡恐嚇信，又如何緝兇？

磁帶上不為人知的秘密

一九八三年四月十九日，德國《明星》週刊突然爆出一條震驚世界的新聞：希特拉的六十本日記被找到了！

於是，該刊開始長篇累牘地連載《希特拉日記》。接著，英國倫敦《星期日泰晤士報》亦開始譯載《希特拉日記》。

希特拉——發動第二次世界大戰的元兇。突然發現了希特拉這麼多、這麼詳細的日記，不僅立即引起各界人士的注目，尤其引起歷史學家的關心，因為日記中所透露的許多秘事，與過去歷史學家的考證不一致。

雖然《希特拉日記》轟動了世界，但調查人員又如何力證它的真偽，令英國《星期日泰晤士報》宣佈，不再刊登偽造的《希特拉日記》，甚至宣佈將兩名責任編輯革職？

THE SUNDAY TIMES

The secrets of Hitler's wa

Hitler: Hoax of the century

調查人員如何力證《星期日泰吾士報》所刊載的《希特拉日記》之真偽？

對於這本《希特拉日記》的真確性，有人認為這是真貨，因為日記所記述的事情，與歷史事件發生的日期非常吻合。不可能偽造內容如此豐富的六十本日記。

然而，許多專家表示懷疑。有人指出，希特拉總是忙到快天亮的時候才去睡覺，他從來沒有記日記的習慣，與他共事多年的人也從未看見過什麼「希特拉日記」。

為了證明《希特拉日記》的「貨真價實」，《明星》週刊刊登了該日記的封面照片，而且公佈了其中幾頁手稿。

這下子，馬上引起美國筆跡專家克萊福德的注意。他經過與希特拉真正的手稿筆跡對比，明確指出「《希特拉日記》是冒牌貨！」

歷史學家們經過核對，也指出「《希特拉日記》上

希特拉是發動第二次世界大戰的元兇。

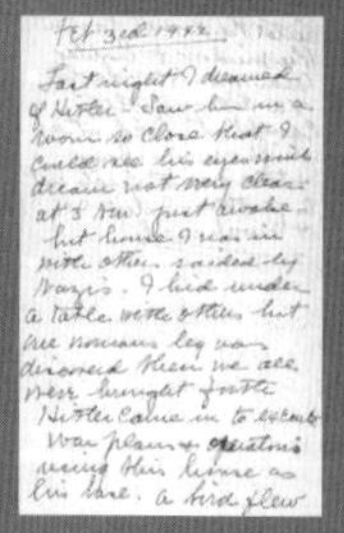
Last night I dreamed of Hitler.

圖為希特拉在二戰時所簽署文件的筆跡。

的一些記載，牛頭不對馬嘴，明顯違反了史實。」

於是，聯邦德國檔案館、聯邦德國刑事和聯邦材料檢驗局對《希特拉日記》進行聯合調查。

一九八三年五月六日，當時的聯邦德國內政部根據聯合調查的結果發表公報，指出《希特拉日記》並非出自希特拉之手，而是後人炮製的偽冒品。

在強大的輿論壓力下，英國《星期日泰晤士報》宣佈，不再刊登偽造的《希特拉日記》，兩名責任編輯宣佈辭職。

暗殺行動　杜魯門的死亡預告

筆跡可以鑑定，但用打字機打出來的死亡恐嚇信，又如何緝兇？以下是一宗外國的案例：

《希特拉日記》被發現的事件，後來證實原來只是一場鬧劇。

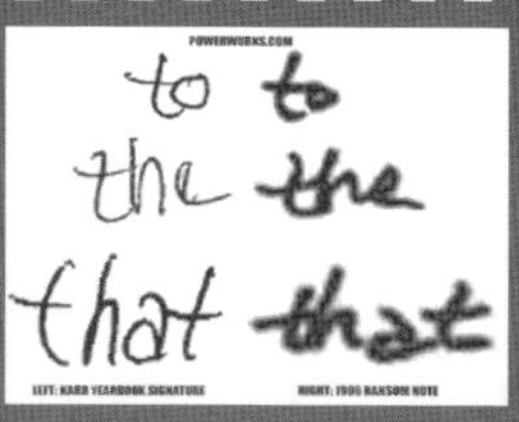

米兄神父認為，字如其人，筆跡反映一個人的性格。

「我準備殺死你，總統先生。」美國安全勤務局局長尤．鮑曼在回憶錄中，提到他在上世紀四十年代末開始負責美國總統杜魯門的安全保衛工作。

那時候，杜魯門經常收到群眾的來信。照例，這類信是由杜魯門的助手代拆、代閱及代為處理。可是，其中一封用打字機打印的信，卻把杜魯門的助手嚇了一跳。

信紙上寫著這麼一行字：「我準備殺死你，總統先生。」這封信，立即交到鮑曼手中。

鮑曼查看了信封上的郵戳，查明信是從阿肯色一個名叫「潘斯維爾」的小鎮寄出。信上沒有留名——顯然，這是一封匿名信。鮑曼知道，如果不及時揪出兇手，對總統的安全肯定是一種威脅。但信是打字的，無從鑑定筆跡。

既然筆跡可以鑑定、辨別，那麼用打字機打出字的信件，又是否可以鑑定和辨別？

破案的線索：變形「O」

細心的鮑曼用放大鏡來來回回巡視信件上的每一個字母。突然，放大鏡停住了，鮑曼的目光注視著字母「O」——它有點碎裂、變形。

這變形「O」就是破案的線索！很顯然，那架英文打字機上的小寫字母「O」的鉛字變形了。也就是說，凡是用那架打字機打印的所有信件，「O」字都是變形的。只要查到變形「O」信件的寄出者，就可以破案。

鮑曼把變形「O」拍照、放大，印發給阿肯色的安全勤務局分局。分局負責人立即通報當地有關郵局，注意變形「O」信件。

也許是遠處的匿名者故意跑到阿肯色的潘斯維爾鎮發信吧。可以整整過了半年，阿肯色的郵局一無所獲。

從事筆跡學研究多年的艾爾伯特·奧斯本認為，一個人的筆跡就是他身上的一部分骨肉，他不可能憑借意志完全捨棄它。

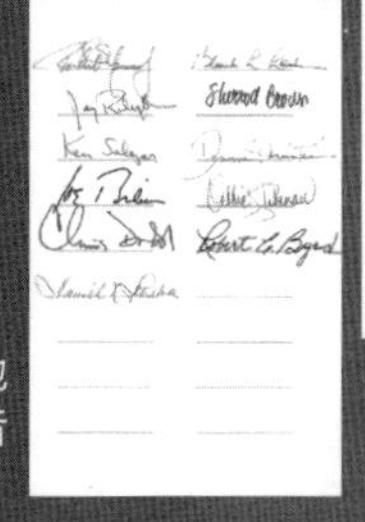

米兄神父收集了許多人的筆跡，進行分類研究。他發現，性格相近的人筆跡相似。

潘斯維爾郵局的信

後來，終於有那麼一天，潘斯維爾郵局局長看到一封信，那信封上打印的地址中，「O」字是變形的。

這是一封給附近一家報社讀者來信部的信件。

郵局局長立即扣留了這封信，把情況火速報告安全勤務局。

保安人員和報社編輯趕來了。報社編輯拆開了信。信也是打字的。在放大鏡下，每一個「O」字都是碎裂、變形的。

信上，有寄信者的姓名、地址。這封信，是要求報社關心寫信者的生活。

保安人員迅速查明，那寄信者是一位有三個孩子的婦女。她的打字機上的「O」字，確實變形。

她，貧窮潦倒，患有精神病，而且病態越來越嚴重。

為了保障杜魯門總統的安全，這位婦女被送進精神病院，受到嚴密的監禁⋯⋯

變形「O」案件清楚地說明，即使是用打字機打字，也是有線索可尋的。當然，這比鑑定筆跡要困難一些。但是，每一台打字機都有自己的特點。尤其是用久之後，鉛字字體會走樣，更易查出。

每個人打字的習慣也不同，字的距離、按鍵的力度不同，都是可供破案參考的。

除了鑑定筆跡、打字機字跡之外，所用的墨水、打字油墨、紙張新舊、信封產地等等，也都是調查人員所注意的。

資料室

筆跡鑑定的重要性

通過對《希特拉日記》真偽的判別，可以看出，筆跡鑑定是十分重要的。

在形形色色的案件中，為了識別一些偽造的信件、遺書、借據、契約、協議等，常常需要作筆跡鑑定。在偵破書寫反革命字句的案件中，筆跡鑑定成了破案的鑰匙。

如今，筆跡的鑑定，已經成為一門科學，叫做「筆跡學」。

筆跡學創始於一八五九年。創始人是法國神父阿沛．米兄。

米兄神父最初研究筆跡，並不用於破案。當時他認為，字如其人，筆跡反映一個人的性格。他收集了許多人的筆跡，進行分類研究。他發現，性格相近的人筆跡相似——這便是筆跡學最早的理論。

他認為，飛龍走蛇般的筆跡，說明作者豪放自信；字裡行間毫無規律，說明作者雖然熱情但缺乏自信；至於字跡潦草者，可能是因為疏懶，也可能由於作者文思如泉，一氣呵成⋯

美國人艾爾伯特．奧斯本也從事筆跡學研究。他認為：「一個人的筆跡就是他身上的一部分骨肉，他不可能憑借意志完全捨棄它。」他的這句話，前半句說明「筆跡如人」，後半句說明偽造筆跡必然會露出馬腳。

正因為這樣，奧斯本認為筆跡是可以鑑別的，是可以用科學的方法判明真偽。

奧斯本提出鑑定筆跡的三個步驟，即：比較、分析、判斷。

筆跡鑑定比指紋鑑定要困難一些，因為指紋無法偽造，而筆跡則常常以偽亂真。

鑑定筆跡的黃金定律

據《美國大百科全書》一九七八年出版的文章指出，筆跡學專家們常常從以下這些細節比較、分析、判斷筆跡的真偽：

1 筆劃的濃淡、粗細

2 筆力的輕重

3 書寫的流暢性、規律性、節奏性，筆鋒的角度、對稱性、藝術性所表現出來的書寫熟練程度

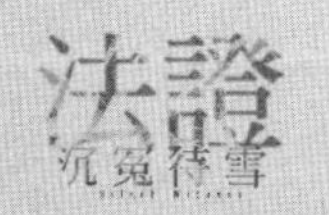

4 起筆、連筆和收筆以及這些筆劃對於書寫整體之間的關係
5 字形上的花式、裝飾或縮略
6 書寫上有無連貫性
7 線條性，那就是書寫是否和某一基本實線和虛線形成一定的關係
8 字與字、行與行之間的間距以及和總體之間的關係
9 書寫時的速度和方式
10 從書法藝術角度來看，屬於哪一種字體
11 字母及其組成部分的大小比例
12 筆從紙上提起的程度
13 筆劃的修補和重新描摹
14 手的顫抖、遲疑不決和捉摸不定
15 握筆的姿勢
16 書寫在紙面上的佈局
17 書寫姿勢不正常和書寫時特別小心翼翼的跡象
18 疲勞、疾病、年齡、酒醉或其他影響因素的作用

當然，這裡列舉的十八條鑑定筆跡的原則，只是針對英文書寫而言的。因為中國文字的筆跡比英文更複雜，故此需要考慮的因素更多。

其中，筆跡真偽的最大區別在於真跡是寫出來的，而偽造的則是描畫出來的。儘管描畫的字可以酷似真跡，但畢竟永遠無法避免描畫所造成的虛假感。

就以在一九五六年在美國長島發生的一宗綁架孩子的案件為例，綁架者給孩子的家長贖金索取單末的下款為「Yourbabysitter」，即「照看你的孩子的人」。警方注意到兩個「Y」字上都有「2」形筆法，抓住這一特徵，查閱當地二十萬人的檔案，核對筆跡，他們終於在一個犯人的假釋報告上，查到類似的筆跡，據此，偵破了案件，逮捕了綁架者，救出了孩子。

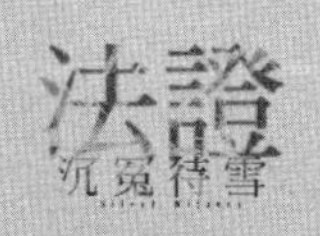

CASE FIVE

在刑事調查中，腳紋和掌紋一樣具有唯一性，可以作為識別身份的生理依據。但在犯罪現場能提取到的，往往不會是赤腳印，而是鞋印。

怎樣從一雙鞋，或者一個鞋印找到它的主人，是偵查案件的一個難題。

有鞋印就能找到你！

從外面看這座房子沒有任何異常，但屋內卻發生了一宗凶案⋯⋯

一九九五年五月，夏天。

夏天的夜寧靜而短暫，人人都想盡情地享受自己的美夢。與喧鬧的白天相比，夜晚的城市更添一份平靜的美。然而，這平靜卻沒維持多久，隨著一個劇烈而刺耳的槍聲響起，人們在睡夢中被驚醒了。看來，這註定是個不平靜的夜。

為了找到兇手，法醫應用了所有可能的鑑定方法；最終，切邊技術和足跡分析技術幫助了他們。

如何從一雙鞋，或者一個鞋印找到它的主人，的確是偵查案件的關鍵。

重案組大 Sir 在剛入睡沒多久，就被一陣急促的電話聲吵醒。他的助手表示，報案中心接到一名女子的來電，指她的寓所發生了命案。於是，大 Sir 用涼水沖了沖仍然困倦的臉後，就立即開車前往案發現場，並著重案組探員各自出發，到現場會合。

當重案組人員來到現場的時候，開門的是位神情哀傷的婦人，探員預感到一定是有什麼不好的事情發生了。

案發現場

眾人跟隨婦人走到一樓某房間。

探員首先看到的是一具男屍，死者的姿勢看上去像正在熟睡，只有胸口湧出的鮮血表明他已經死了。第一眼看去，很難確定現場到底發生了什麼事情。由於現場沒有第三者，所以死者妻子的陳述就顯得非常重要。

婦人告訴探員她和丈夫的婚姻並不幸福，多年來丈夫一直在虐待她。每當話不投機時，他就大打出手。

接著，她向探員講述了剛才發生的事情：因為事發當日是父親節，她不想吵架。但到了深夜，他們又為小事吵起架來。他們的爭吵愈演愈烈，並發生輕微推撞。

就在她以為自己會再次遭受毒打時，丈夫卻離開了房間。起初，她以為丈夫只是到外邊喝悶酒，誰知原來丈夫竟拿著槍回到了樓上，並惡狠狠地向她走過去。她見事態不對，於是趕緊過去抓住了槍，接下來兩人開始搶那把槍。在搶奪的過程中，槍突然走了火，丈夫應聲倒下。她看到丈夫的胸口有一個洞，子彈直接打中丈夫的心臟，當場就死了⋯⋯

在探員與死者妻子談話的時候，法醫也隨後趕到。他們從房間的前門走了進去，穿過門廳，到達屍體的位置。在這個過程中，他們仔細地拍照和錄影，目的是及時記錄相關的資訊。然後他們要在房間內小心地移動屍體，目的是尋找一切有用的物證。

接著，法醫檢查了屍體上的傷口。他們發現一顆子彈射中了死者的胸部，並剛好在心臟的位置。他們還特別檢查了子彈灼傷的部分和傷口

周圍的火藥痕跡，死者皮膚上的痕跡能夠驗證這位妻子對探員所說的話是否正確。接下來，他們收集了一些噴濺出的火藥，把火藥放進小袋中，以便帶回法醫實驗室作進一步的分析。

那個恐怖的晚上就這樣過去了。屍體被送到了停屍房，等待第二天的屍檢。

地下室內的神秘腳印

第二天早上，探員再次來到案發現場。他們像在實驗室做實驗一樣，對這座房子進行了仔細的檢查。為避免有疏漏，他們重新檢查了每個角落，而今次重點檢查的地方是：地下室。

調查人員來到了地下室，看到鎖有槍的櫥櫃，而本案的兇器原來就放在那裡。他們借助微弱的燈光找到一些腳印。為了不破壞證據，探員並沒有走過去，只是在門口確定出每個腳印的位置。

假如這些腳印是由死者留下的，那麼就證明妻子所說的話是正確的。

探員後來證實，在地下室發現的腳印其實是一些腳板留下的痕跡，這剛好印證了死者妻子陳述的情況：丈夫赤著腳去了地下室。在地板上有一組朝櫥櫃走去的腳印和一組回來的腳印。那些腳印，像是直接朝著放槍的櫥櫃走過去的。也就是說，有個赤著腳的人下了樓，從地下室拿了一把槍。

靜電提取儀

地板上的腳印非常清晰，法醫決定標記其中一些的位置，然後提取出來。他們先對這些腳印進行了初步的觀察和測量，然後又選了一些腳印，用粉筆標出它們的位置。接下來，又給這些腳印拍了照片。他們需要收集這些足跡，把它們複製下來，進行拍照，以便做進一步的分析。這項工作是非常困難的，因為它們是留在塵土上的痕跡，塵土很不穩定。所以，他們必須使用特殊的設備——靜電提取儀。

在案發單位的牆壁上，仍遺下大量血跡。

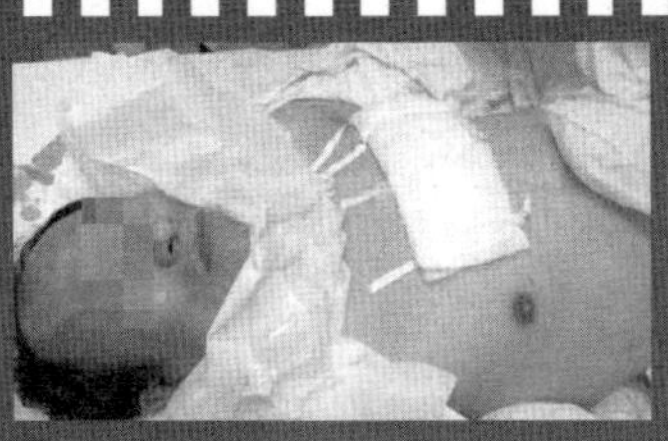

探員首先看到的是一具男屍，由於傷者胸口中槍，故即時被送進醫院。

重案組人員連同法醫，正在案發現場搜集證據。

靜電提取儀中有一層叫做「邁拉」的聚酯塑膠膜，調查人員需要把它放到地板上，然後通上電流。在靜電的作用下，塵土會被吸到塑膠膜上，在塑膠膜上留下與地面相同的印記。這些由淺色塵土在黑色邁拉薄膜上形成的圖案非常清晰，色彩對比也很鮮明。這樣一來，他們就能夠把足跡提取下來並進行拍照了。

調查人員的搜證工作

警方一整天都在收集證據，看上去實際情況和那位妻子的陳述並沒有太多出入。這場悲劇看來不像是一宗犯罪事件，只是獵槍走了火，射死了丈夫。不過，調查人員和法醫還要對所有的證據進行更加深入的分析。地下室的足跡是這宗案件中最有價值的證據，不過，要讓它具有相當的說服力，還要獲得可以和它進行對比的參照足跡。實際上，也不能排除這種可能，就是那個櫥櫃旁邊留下的足跡是妻子的。因此，警方必須取一組妻子

第二天早上，探員再次來到案發現場附近的地方，繼續尋找線索。

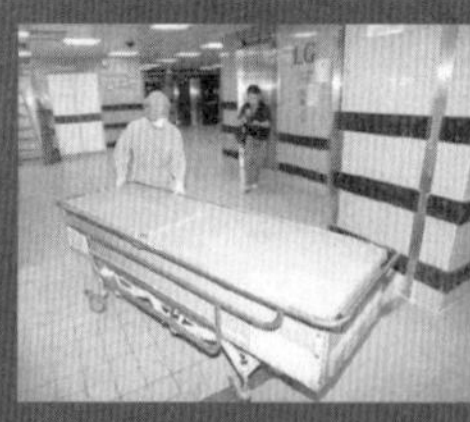
屍體被送到了停屍房，等待之後的屍檢工作。

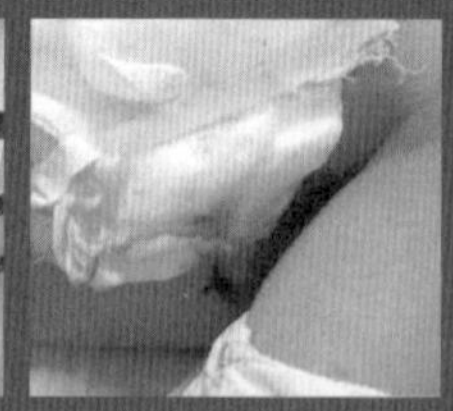
鮮血不斷從傷者的胸口冒出。

的足跡與法醫掌握的足跡進行比較。

根據妻子陳述的情況，她的丈夫曾經憤怒地走到地下室，拿著槍回到了屋裡，櫥櫃前的塵土中應該留下他的腳印。因此警方還要獲得一組他的腳印進行對比，但是他已經死了，調查人員必須想出一個有效的辦法來獲得死者的腳印。當然最簡單的辦法是直接從他的腳上獲得腳印，不過這需要一些輔助的步驟，就是把一個半英寸厚的樹脂玻璃壓在死者的腳上，然後在玻璃的後面拍攝一組照片，腳上承受重力的部分會在背面顯示出來，和人正常行走的情況差不多，只不過，不會像活人走路留下的足跡那麼清晰。他們在死者腳底塗上了墨水，然後將玻璃板使勁壓在他的腳底上，造成走動的效果。同時，還把腳的頂部和腳趾向下壓，保證和紙張有足夠的接觸。

這樣測試獲得的效果並不理想，操作人員只能對這個人活著時走路的重力分配情況進行推測。不過，有一名探員覺得死者的墨水足跡十分眼熟，很快，他想到了那些在地下室的沙土中留下的足跡似乎與這些墨水足跡很相似。所以，警方當時推測案發現場找到的那些足跡可能就是

死者留下的。於是，他們把死者的足跡帶回了辦公室，和收集的其他腳印放在了一起。他們決定比較一下。於是死者妻子在事件發生後向警官報告的情況得到了進一步的確認，看來他的死亡完全是一場意外事故。

警方找到的另一個證據似乎也證實了這一推斷，那就是那用來打開櫥櫃的鑰匙好像是丈夫的鑰匙，這更能說明是死者打開了鎖有槍的櫥櫃。

戳穿謊言

儘管從目前的證據看這的確是一場意外事故，但是有些調查人員覺得事情有些蹊蹺，他們感到事情並不那麼簡單。大 Sir 就是其中之一，他在聽取死者妻子陳述事情始末的時候，就有一些異樣的感覺：剛剛死了丈夫，不僅意味著她沒有了伴侶，也意味著自己的孩子沒有了父親，正常情況下她的情緒波動可能很大，可能會痛哭不止。但是，她看上去並不怎麼悲傷。

第一個需要檢查的就是射出那顆子彈的獵槍。他們把那支槍送到實驗室以後，法醫和到過現場的探員對檢查過程進行了仔細的檢查。軍火專家發現槍管被改短了一些，可能是為了方便胳膊短的人使用。如果槍被改短，說明這把槍可能是妻子的而不是丈夫的。因為不管換作誰，從那個櫥櫃裡肯定要拿自己的槍，自己的槍用起來才順手。這一發現暗示了取槍的人可能是妻子。

那麼，發生死亡事件的那個房間有沒有可疑之處呢？探員注意到了一些和妻子所述故事不符的地方：除了那個男人躺在床上，胸口有個由子彈造成的傷口以外，臥室裡的一切都很整齊，與妻子所描述的發生了爭鬥相矛盾。受害人的姿勢也很特別，有些過於自然。他膝蓋向上，雙腿蜷起，看上去就像睡著了一樣。

接下來他們檢查了血液噴濺的情況，他們發現枕頭上有一處沒有血跡，那是他胳膊放置的位置。也就是說，他的胳膊在中彈時應該一直保持這個姿勢。他們得出了一個驚人的結論：受害人應該是躺在床上的時候中彈的。顯然，妻子向警方撒了謊。警方開始懷疑這可能是一宗謀殺案。大Sir要求死者妻子穿上當晚的衣服來警局接受詢問，他希望能在衣服上找到一些有價值的線索。結果沒有讓他感到失望，調查人員在她褲子的前面找到一些小的噴濺血跡，這是一個有力的證據，調查工作至此取得重大突破。

因為她曾經說說槍響的時候他們兩個人都沒有穿外衣。如果她沒穿衣服，那她的牛仔褲上怎麼會有那麼多高速噴濺留下的血跡呢？這意味著至少在做這部分陳述的時候她說了謊。也就是說，在槍響的時候她應該穿著那條褲子。調查人員正式將她定為兇殺案的犯罪嫌疑人。

還有一個事實也否認了她的說法，那就是警方進行的彈道分析。研究了彈孔以後，法醫找到了子彈射出槍膛時，獵槍所在的確切位置。警方根據收集的證據製作了一個現場的動畫場景，而演示的結果讓所有人都大吃一驚：槍響時被害人應該躺在床上！

這個發現顯然和她的說法不相符。通過動畫模擬，警員可以清楚地瞭解案發當晚發生在臥室的情景。如果他們在槍響的一刻都是站著的，那麼警員應該在受害人後面的牆上找到一個彈孔，可實際上他們卻在床墊上找到了彈孔。

顯然，那位妻子所陳述的事實都是她蓄意捏造的。調查人員希望能完全推翻過去因為一些發現而做出的一切結論，重新考慮她所說過的每一句話。大Sir和他的同事越來越相信是這位妻子在丈夫睡覺時殘忍地實施了謀殺，但是，他們沒有充分的證據。

足跡作證

警方需要用確鑿的證據來證明自己的推測，也就是妻子殺了自己的丈夫，但沒有新的發現，偵破工作暫時陷入了困境。

警方重新研究了那些通過盤問而收集到的證據，這次他們發現了一個忽略的細節：他們在檢查檔時，碰巧看到了那些足跡，他們想起來，還沒有對它們進行對比呢！實際上，警方當時並沒有把在案發現場取到的足跡和這對夫妻的足跡進行過比較。因為有一名探員認為他認出足跡是丈夫留下的，所以，這項工作最終沒有落實。

現在進行比較之後，他們得出了一個相反的結論：現場的腳印並不是死者留下的。實際上，在這宗案件中，對這些足跡並不需要進行複雜的對比。整個過程

非常簡單，丈夫的腳顯然比妻子的腳大。被害人的腳長度是六英寸或六寸半，但是案發現場的足跡只有八英寸長！所以，我們沒有必要在承受重力的部位進行過多的比較了。這個新發現讓探員都感到十分振奮。一切真相都不言而喻了，的確是妻子殺了自己的丈夫。

最後一個疑團也被解開了。現在，調查人員不但能夠證明死者的妻子對案發的真相進行了掩蓋，還找到了確切的證據證明走到地下室拿槍的人正是死者的妻子。儘管如此，她還是堅持說，是丈夫走到樓下，穿過地下室的地板，拿來了那把來福槍。

即使探員最終沒能解釋清楚有些作案的細節，但這些足跡證據也已經可以證明妻子殺了自己的丈夫。最終，法官做出了正確的判斷，認為腳印形態學不僅是一門有效的科學，同時還是一種很有價值的方法，這種方法能夠提供與案件相關的準確資訊。正是地下室的足跡，讓這位妻子在監獄裡接受了十年監禁。

圖為用作抽取鞋印作樣本的「靜電提取儀」。

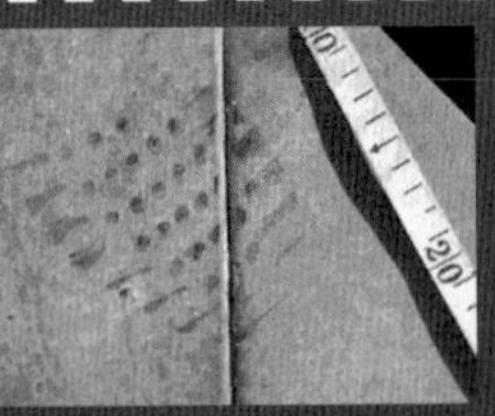

調查人員在案發現場發現鞋印。

資料室

鞋印鑑定

由於男女生理結構的差異以及社會生活方式的不同，從而使得男女的行走姿勢有明顯不同，不同的行走姿勢反映在足跡上，其表現也不相同：

男性身材高大，腳較長而寬，小腳骨較長，骨盆高而窄，腰部較粗寬；同時脂肪較少，肌肉發達，髖圍小於肩圍，因而重心高，跨步大，彈跳力強。反映在足跡上，表現為足跡較長偏寬，起、落腳有力，常伴有踏痕和蹬痕，壓痕深淺不均多偏外壓等。

女性身材相對矮小，腳窄而短，腳弓偏低，小腳骨較短，骨盆低而寬，腰部細窄；同時脂肪較多，髖圍大於肩圍，因而重心低，跨步小，穩定性強。反映在足跡上，表現為足跡偏窄、短，起、落腳平均，壓痕較均勻，弓壓較寬等。

CASE

SIX

一個女人死在床上，她的臉上、床上和牆壁上都有血跡。唯一的目擊者聲稱這是一場事故，但這也許是一場謀殺。單位內發生的事件背後必定另有隱情，而神奇的法醫學將揭開謎團。

血跡分析成破案關鍵

為什麼女死者的眼鏡上有血跡？為什麼她的鼻子在流血？為什麼牆壁上會有血跡？這些問題可以從病理學家那裡得到答案，但是要想知道血液是如何從她身上弄到牆上和桌子上的話，則需要求助血跡分析專家。法醫將填補目擊者陳述中的空白，及可以在沒有其他目擊者的情況下，解釋現場發生了什麼。

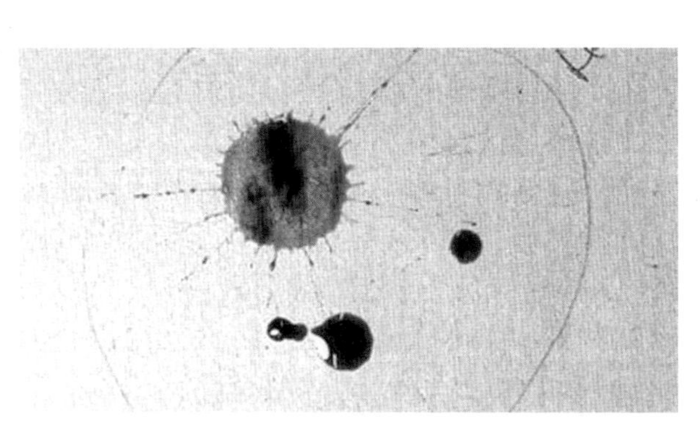

凶案現場上遺留下來的血跡。

一九九九年八月某日下午五時，報案中心突然接到一名男子的來電：「我⋯我⋯我妻子她⋯噢，她可能心臟病發死了⋯」從報案人語無倫次的話語中，可以聽出對方的慌亂和驚恐。

待穩定了男子的情緒後，工作人員隨即詢問他事情的大致經過和具體的事發地點。

約十分鐘後，探員到達男子的家。給他們開門的是個痛苦萬分的丈夫（報案人），他將探員帶到房間，一名年約四十歲的女子躺在床上，經已停止了呼吸，床上和牆上均有大片血跡。

儘管精神有點恍惚，但男子還是強忍著悲痛，向警員描述了剛才發生的事情，「她可能心臟病突發。我只見她突然休克，倒在床和牆壁之間的地板上。跌倒的時候，她的頭撞向梳妝枱。我把她抱到床上⋯」因傷心過度，男子在交代過事情的始末後，昏了過去。

在旁的警員連忙對他進行急救，因怕他見到妻子的屍體傷心，於是將他帶到客廳，著他好好休息一下。

丈夫的解釋可信嗎？

待男子被帶離睡房後，探員開始仔細觀察屋內的情況：

1 臥室裡十分整潔，沒有打鬥的痕跡，更沒有隨地亂放的衣物，一切物品都擺放得井井有條，可以初步排除事主遭匪徒入屋搶劫的可能性；

2 死者看起來很安詳，沒有一點痛苦的表情，就像是睡著了一樣；

3 女死者身上的衣服完好無損，也不可能發生過暴力行為。

探員初步認為丈夫的解釋是可信的，臥室的種種跡象都表明躺在床上的婦女是自然死亡。不過，在沒有確鑿證據之前，警方並不能排除「非自然死亡」的可能性，故必須仔細檢查整個房間、睡房，還有死亡現場；任何

九九年八月某日下午五時，報案中心突然接到一名男子的來電。

案發後的門上（圈處）還有血跡，透過門縫可見房內一片狼藉，到處血跡斑斑。

約十分鐘後，探員到達男子的家。

可疑的東西、可能的線索（包括地毯上的頭髮、架子上的指紋）都將被採集。屍體所在的臥室以及整個房間都在現場拍了照錄了像，現場的各種尺寸也都被一一測量了。

另外，由於採員在現場沒有找到任何可以證明有其他人在場的證據，因此警方再次確定女死者的丈夫是今次事件發生時唯一在場的人，也是本案的唯一目擊者。

是死於突發心臟病，還是另有隱情？

死者真是死於突發心臟病，還是另有隱情？相信只有她的丈夫心裡最清楚。

在檢查的過程中，除了發現放在桌上的眼鏡沾有血跡外，採員還意外地發現在靠近床的兩面牆上有污點，那是兩塊小小的紅色污點，看上去像血滴。如果真是血跡，那麼可能是死者在撞到頭部時留下的，也有可能是死者的丈夫把她抱起來放到床上時留下來的。這些血跡可能與本案無關，但也有可能是破案的關鍵。

既然發現了可疑的血跡，說明案情也許會有新的突破！探員必須對一切都非常敏感——包括房間裡的氣味、聲音和燈光，因為任何東西都可能是偵破案件的關鍵證據。於是，法醫就被派到現場做進一步的調查。

法醫仔細觀看現場的錄影帶，畫面清楚地記錄了案發當天上午在現場發生的一切。各方面的證據也都被重新考慮——包括屍體的位置、房間裡每樣物件的擺放位置、探員到達時死者丈夫所坐的位置等等，當然還有牆上發現的血跡。

進行血跡分析

在看畢錄影帶後，法醫著手分析這宗命案，懷疑在死亡事件發生的時候，死者的丈夫可能離開了房間，但沒有確鑿的證據。初步的鑑定結果證明了在靠床頭的那道牆上發現的紅色污點的確是血跡。報告同時也

揭露了受害者的死因——在她的口中發現了一處創傷，導致大量失血，而受害者因為吸入了血液，窒息而亡。報告中還顯示在受害者的血液中，酒精含量相當高——這也是死者即使在窒息時也沒能醒過來的原因。

正如臥室牆壁上的血跡令第一位到達現場的探員感到困惑一樣，這些血跡同樣讓法醫大惑不解。因為這個發現，死者丈夫的陳述變得可疑起來。但是到目前為止，還沒有任何證據表明女死者是由其他原因致死，也沒有證據表明這位丈夫與他妻子的死有關，而且當時房間裡亦沒有其他人。

由於線索很少，加上只有一位目擊者，而這位目擊者的陳述還存在疑點。探員意識到——這將是一宗棘手的案子。於是，他們轉而求助刑偵專家，申請進行血跡分析。

案發單位內任何可疑的東西、可能的線索（包括地毯上的頭髮、架子上的指紋）都將被採集。

在沒有確鑿證據之前，調查人員並不能排除「非自然死亡」（unnatural death）的可能性。

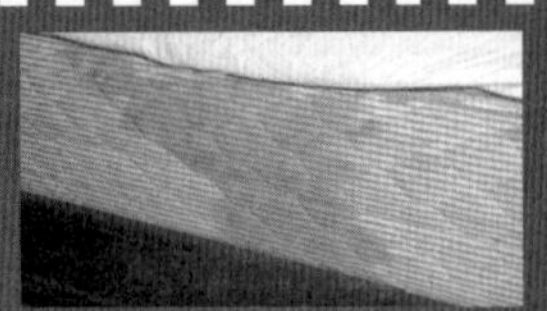
當時，一名年約四十歲的女子躺在床上，經已停止了呼吸，床上和牆上均有大片血跡。

初步的鑑定結果

為什麼女死者的眼鏡上有血跡？為什麼她的鼻子在流血？為什麼牆壁上會有血跡？這些問題可以從病理學家那裡得到答案，但是要想知道血液是如何從她身上弄到牆上和桌子上的話，則需要求助血跡分析專家。專家們將填補目擊者陳述中的空白，及可以在沒有其他目擊者的情況下，解釋現場發生了什麼。

法醫趕到現場問的第一個問題總是相同的，就是詢問第一位到達現場的探員是否移動過東西。之後，他做的第一件事就是檢查整個房間，尋找血痕。

他的發現進一步證實了探員的發現——這所住宅裡只有屍體被發現的房間中有血跡，而首先需要考慮的問題是落有血滴的物體表面的質地。紡織品會吸收血液，而堅硬的表面就不會。

通常，一位血跡分析專家會有多至五十處血跡可用來分析。但法醫在今次案件卻面對一個重大的挑戰：血跡的數量很少，而且面積也很小：床上有一大片血跡，已經滲透到床墊裡去了。被褥上面也有一大片血污和一些血跡，但是碰撞血跡本身並不是很多。

接下來，法醫仔細研究了臥室牆壁上發現的小塊血污的形狀，目的是推測出究竟是什麼事故導致了婦女的死亡。這種需要細心的工作不能貿然行事，也不能隨便挑一塊血跡，而是要觀察所有的血跡去進行分析。在實驗室裡，專家試圖使用動物血液，重新製造出與他在死亡現場觀察到的相似的血跡，目的是進一步證實他對死因的推測。

血跡分析的三大主要類別

血跡分析的基本原理就是評述在死亡現場發現的血跡，並鑑定出它們所屬的類型，血跡可以分為三大主要類別：

1 被動血跡：這種血跡是指在沒有外力的情況下，血從一個傷口或是血源滴落時形成的。這種血跡相對來說較大，而且呈圓形。被動血跡除了血液流過靜脈時所需的能量外，只有很小的動能。

2 轉移血跡：這種血跡是指血跡從一個物體被轉移到另一個物體時形成的血跡。

3 高速度血跡：這種血跡是指用一個物體以很大的力量快速擊打人體時造成的。高速度血跡通常數量很多，呈小斑點狀；拳擊、棒球棍或是子彈都會造成這類血跡。高速度血跡很難仿造。為了創造出高速度的條件，專家們有時需要運用橡筋。

如果受害者真的跌到他們用作床頭櫃的檔櫃上面，而且這位丈夫確實如他所說把妻子抱到了床上，那麼在床上留下一大灘血跡的頭部創傷，便很可能是由她跌落時造成的，而這宗案件的關鍵就是血跡分析，在血跡分析中，收集完整、精確的資料是最重要的。

除了專家所作的血跡分析之外，沒有什麼原因能夠解釋這位女士的死亡。法醫晝夜不停地工作著，尋找問題的答案。在現場他看到了碰撞血跡、轉移血跡，還看到了大灘的血跡。他必須給每處血跡測量、拍照和分類，並找出對案件偵破可能非常關鍵的血跡。如果每處血跡就是一個單詞，那麼這些血跡拼湊起來將會講述一個完整的故事。

曙光初現

法醫的努力終於得到回報，他發現了一處碰撞血跡——就是臥室兩面牆上的血跡，它們絕對是由擊打造成的。

綜合對所有血跡的分析結果，同時參照轉移血跡，以及床上的一大灘血跡，法醫可以毫無疑問地得出這樣的結論：受害者，或者說血源，在遭到擊打時，她的頭是放在枕頭上面的，而當時，這個血源受到了外部的擊打。之後，DNA專家分析了牆上的血跡，結果表明這些血來自死者。現在，有了專家的分析結果，而且又知道了這些血跡誰屬，這兩個證據共同說明：女死者是躺在床上受到擊打的，而不是因跌落撞到了頭部。她也許跌下來了，但肯定是受到擊打之後。

調查人員現在可以反駁受害者丈夫的陳述了：他的妻子並非死於心

臟病。其妻更不是從床上跌下來摔死的，而是被他殺害的。

惡毒的丈夫

在得知分析結果後，警方已經能斷定這並非是場自然的突發事件，而是一場人為的謀殺。探員在審視了他們迄今收集到的所有證據後，開始著重調查死者的丈夫。他們仔細地檢查了現場，並且走訪了區內的鄰居，從他們那裡瞭解了一些當天的情況，漸漸推斷出這宗案件發生時的具體情況：

當天，女死者的丈夫、受害者和他們的鄰居，還有好幾位朋友都在郊野公園聚會，這個郊野公園就在他們住所後面幾百米遠的地方。他們在那裡玩牌、喝酒，並且玩得很久。受害者喝多了，嫌疑人當時也醉了。據鄰居們透露，在案發當天，這對夫婦在他們住所外面發生了激烈爭吵，進屋後仍然吵鬧不休。

在得知女死者因心臟病發逝世時，鄰居們都感到很奇怪，因為從來

沒聽說過她有這樣的病史，於是紛紛猜測妻子的死肯定和她的丈夫有關，因為大家都知道死者夫婦二人的關係不好，而且很久以來都存在家庭暴力。隨後，他們又詢問了受害者的兒子，儘管他不想作任何正式聲明，但還是告訴探員，二十多年來，他的父親一直在毆打母親，特別是每次喝酒後必定會在家中大吵大鬧；只要他母親稍有反抗，父親便會飽以老拳。雖然沒有暴力證據，但這顯然是警方應該考慮的要項：

於是警方對受害者的丈夫進行了五小時的盤問。在盤問期間，死者丈夫的陳述與在現場發現的大部分證據都不相符。後來，當警方給他看過犯罪現場的一些錄影畫面，還談到了他的妻子，並說死者可能是被他的攻擊性行為致死時，他才開始變得激動起來，同時低下了頭。警方以為他會說出一些細節，但是他依然保持冷靜，後來又變得強硬起來，拒絕就這宗案件作任何陳述。

當警方將多個報告，以及鄰居和他兒子的口供放在這位丈夫眼前時，他終於不再堅持妻子的死是因心臟病發作造成的，並向警方交代了當天的情況：當天他和妻子與鄰居們分別以後，就直接回家，在門口因為一點小事爭吵了兩句。

回家後，妻子去洗澡了，他躺到床上，可是睡得正香的時候卻被妻子拽了起來，妻子死也不讓他睡覺，說他一身的酒味，必須洗完澡才能上床。於是他被拽了起來，而妻子卻自顧自躺下睡了。當時他又困又暈，很氣憤妻子的行為，因為平時她也不敢這樣和他說話，今天喝了點酒，就敢對他大吼大叫，還不讓他睡覺。

他越想越氣，於是到兒子的房間裡拿了棒球棍，照她的後腦勺打了下去，本來只是想教訓她一下，可是沒想到她一聲不吭地從床上滾到了地上，鮮血直流，等到他用手一摸發現她已經沒有了呼吸。他當時很害怕，立刻將她從地上扶了起來放到床上，然後將棒球棍清洗乾淨後又放回兒子的房間，最後給報案中心打了電話⋯

基於上述傷害行為發生在酒後，法庭最終裁定受害者的丈夫因過失殺人罪被判監。案件終於水落石出了，昏睡中死去的妻子也終於可以瞑目了，而後悔的丈夫也將在牢獄裡好好反省自己的過錯。

資料室

血跡分析

在暴力襲擊中，大量的血液會流失，和這些血跡能揭示兇手。通過研究它們的位置、形狀和大小，調查人員能夠鑑定攻擊者在襲擊中所站的位置、他們的身高、武器用了多長的時間，和攻擊者用左或右手。血液不容易除掉，因此，對重組現場來說，是一個理想的工具。

尋找污點

為了能利用犯罪現場的血跡，去重現襲擊，調查小組首先不得不去尋找所有的污點。調查小組通常用高強度的光束，它帶有濾光器，能產生發現血跡的紫外光。如果這種方法不能顯示血，或犯罪現場被清潔過，其他能辨別血液的試劑會被使用。發光氨和二氫螢光素是最常用的試劑，和能揭示在水中 12,000：1 的血液，即 12,000 份水對 1 份血。當用發光氨在暗室內噴霧時，血液會在其下顯示出來。發光氨與血液接觸時，會發出螢光，使調查人員發現。二氫螢光素是非常敏感的，和只在紫外線光中發光。這兩種試劑與血中的血紅蛋白質裡的鐵接觸時，會產生反應。

血液圖案

從在犯罪現場發現的血跡圖案，可重現引起血液飛濺和散開的活動。當一滴血碰撞物質表面時，著陸而形成的形狀，會揭示飛落的途徑，和完成這一動作的力量大小。血液落下的行情短，則在地板上形成大的血滴。由大力的物質造成的出血，會碎裂成較小的血滴。當血液撞在有角的表面時，血滴會向下流，並形成一個尾的指向與最初的落下方向相反的血滴。

污點的起因

被發現在牆壁、地板和天花板上的血液，會被用來追蹤攻擊者和受害者在當時當地的活動。最初，調查小組會分析每一個痕跡，和用線重建其途徑。隨著技術的日新月異，調查人員現在能通過電腦程式，對重力和血液的位置來計算，並能精確地標出血滴飛行軌道。

明確的血液滴落記號，通常能揭示較多的資訊，血液從武器的尖端通過，會表現出其獨特性。識別血跡是彎向左或右，能揭示出攻擊者握武器是哪一隻手，和從血液的痕跡的寬度，能辨別出用於攻擊的武器的種類。刀具會留下了窄的血痕，而棒球棍會留下了闊的血跡。

間隔的圖案

沒有血跡，只能說明血跡不在現場。現場沒有血跡，是暗示著某個有血跡的物品被有計劃地收藏起來了，在其上，血液會突現出來。被攻擊者帶走的這件物品上，可能有與其所休息的地方相同的血液圖案印記。

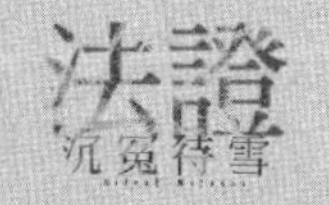

CASE SEVEN

面對這堆炭化了的屍體，法醫的任務相當艱巨：第一，要通過個人識別技術，確認死者是誰；第二，要通過屍體所反映出的特殊徵象，判定死者是生前燒死還是死後焚屍；第三，要通過屍體內臟及骨骼的變化，找尋死者可能存在著的生前損傷及疾病。

未名炭化人的死亡真相

位於彌敦道某大廈多年前發生了一場可怕的火災。經過數小時的艱苦奮戰，消防隊員們才總算是把熊熊的烈火給撲滅了。清理現場時，發現了一具被燒焦的屍體。

面對這堆炭化了的屍體，法醫的任務相當艱巨：第一，要通過個人識別技術，確認死者是誰；第二，要通過屍體所反映出的特殊徵象，判定死者是生前燒死還是死後焚屍；第三，要通過屍體內臟及骨骼的變化，找尋死者可能存在著的生前損傷及疾病。

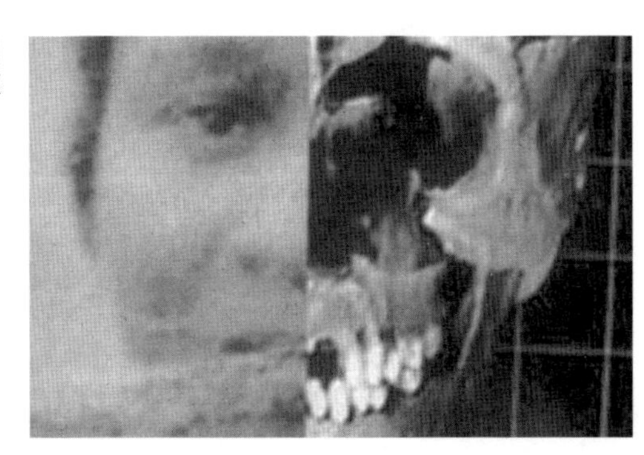

法醫能從死者骸骨著手，利用科技的協助，還原死者的本來面目。

在屍炭的下方，探員發現了一串鑰匙。經過實驗證實，這串鑰匙中有的是開總經理室門鎖的，有的是開總經理室書櫃及辦公桌鎖的。這一情況提示，死者很可能就是總經理室的主人，即某廣告公司的總經理趙明（化名）。

我又根據炭化人殘存的生殖器官及盆骨的特徵，認定死者是一名男性。根據炭化人的四肢長骨及脊柱的長度和顱骨縫癒合程度及牙齒磨耗程度，我推測死者的身高應該在一米七五左右，年齡應該在三十歲左右。這些特徵均與中等身材、時年為二十九歲的趙明相符合。

根據炭化人的虎牙及種植牙的特徵，我又比對了趙明在醫院的牙病檔案記錄，最終認定火災現場中的那個炭化人確屬趙明無疑。

接著，我開始著手檢驗死者的呼吸道。在死者的口腔鼻腔及呼吸道內，我沒有發現黑色炭末的存在。我又檢驗了死者血液中碳氧血紅蛋白的含量，結果為陰性反應。這些屍體徵象足以證明，死者在大火發生時，已經喪失了呼吸的功能。

上述檢驗可以肯定，死者在大火發生前就已經死了。

是死後焚屍嗎？

現在的首要任務，是在炭化人屍體上找到致命性損傷。在屍體上我發現了許多條狀裂口。有些裂口還很深，深至屍體深層的肌肉了。另外，在屍體腹腔的部位也有一個很大的裂口，從裂口中脫落出來的內臟已經被大火燒焦了。

這一現象令死者的親人們理所當然地認定為他殺的證據。但我知道這些現象根本就與他殺無關，這都是當火焰作用於人體時，皮膚和肌肉由於水分蒸發乾燥收縮而致。

死者的家人對我的這一解釋很是疑惑：「就算大火也可以把人的皮肉燒出這樣一個個的大裂口來，可兇手也照樣可以用兇器把人捅出這樣一個個的大裂口來呀！你怎麼就能斷定這些裂口不是他人用刀捅的呢？」

「哦，趙明身上的這些創口與生前被人用兇器所形成的刺切創是截然不同的。生前形成的刺切創，皮膚和肌肉的創面是在同一個平面上的。而被大火焚燒所形成的創口，則由於皮膚和肌肉這兩種不同的組織在高溫下收縮的程度不同，而使得皮膚和肌肉所形成的創壁呈現出階梯狀。」

焦炭屍體還能保留損傷的痕跡嗎？

還有一個問題是：假使趙明是他殺，人都變成焦炭了，還能保留損傷的痕跡嗎？

通常由於人體體積較大且含水分較多，因此除非大火延續時間很長或是在火葬等情況下，一般來說屍體還不至於從外到內全部被燒毀。

另外，外力作用於人體，如果能夠導致人體的死亡，不僅在人體的表面會留下暴力作用的痕跡，在人體的內部也必然會留下暴力作用的痕跡。這是因為生物在長期進化的過程中，為適應生存環境的需要而逐步形成了一副十分合理的解剖結構。這種結構之所以合理，是因為它把生命的重要器官都藏在了最不容易受到攻擊的深層組織裡了。因此那些足以致人於死亡的外力，必須通過人體的各層組織，對位於人體深層的重要臟器進行致命性的作用，才有可能導致人體的死亡。

這個炭化人儘管從體表來看，絕對不可能再找到暴力作用的痕跡了。但只要他是死於外界暴力的作用，把他剖開看一看，還是有可能發現生前暴力作用在他體內的痕跡的。

我決定先從屍體的頭部開刀。我發現死者的顱骨是完整的，因為整個顱骨沒有形成骨折。一開顱我就發現了問題，在死者右側丘腦內我發現了一個致命性的腦內血腫。接著，在大腦基底動脈頂端的分支處，我又發現了一個破裂的動脈瘤。

由此證明，趙明死於突發的腦動脈瘤破裂後的腦出血。

原來，殺人的兇器是埋藏在趙明腦內的定時炸彈。這樣的兇器可是什麼樣的兇犯也無法製造的。

那麼，火災又是怎樣引起的呢？

仔細勘驗現場後，偵查員們發現了一個金屬打火機，這個打火機就在屍體的附近。

原來，當趙明將打火機的開關打開準備點煙時，突發的致命性的腦內血腫瞬間奪去了他的生命。趙明的生命雖然終止了，但他生前所點燃的火種卻從星星之火燃燒成熊熊烈火。於是，在這肆虐的瘋狂的大火中，一個黑色的炭化人由此形成。

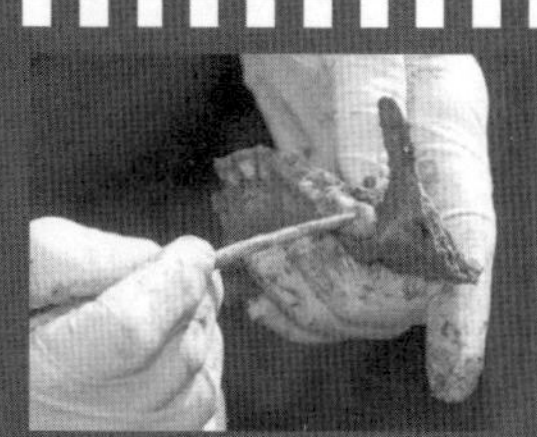
每個人的牙齒生長情況均獨一無二。

消防處派出多部消防車協助救火。

位於彌敦道上一座大廈多年前曾發生了一場火災。

CASE

EIGHT

每個人的指紋不同，即使表皮磨損或被燒傷，癒合後的新生表面仍能恢復原來的紋路。可以說，在世界上沒有任何兩個人的指紋是絕對一樣的，所以調查人員往往根據指紋來破案。

離奇兇殺案的指紋追兇

每個人的指紋不同，即使表皮磨損或被燒傷，癒合後的新生表面仍能恢復原來的紋路。可以說，在世界上沒有任何兩個人的指紋是絕對一樣的，所以調查人員往往根據指紋來破案。

這是一宗殘忍的兇殺案。

在一個寒冷的日子裡，一名年輕的店主倒在自己的店舖中。細緻的調查和先進指紋分析技術的使用，最終使案件水落石出。

在世界上沒有任何兩個人的指紋是絕對一樣。

今天是米高和M小姐約定的拍結婚照的日子，可是已經過了約定的時間，仍然沒有見到米高。M小姐開始有點擔心，米高是一個很守時的人，如果臨時有事耽誤了約會也會及時打電話的，可是現在離約定的時間已經過了一個小時了，米高還是沒有出現。

M小姐由最初的生氣變成了擔心：難道是出了什麼問題？她不得不再次打電話給米高，可是電話仍然轉接到留言信箱。於是，她又將電話打到米高的家裡，可是家裡電話仍然沒有人接。M小姐開始著急了，問遍了周圍的朋友，也沒有人知道米高去了哪裡。她不斷安慰自己：也許是米高的服裝店臨時有事，他去店鋪了。

於是，M小姐來到了米高的服裝店。讓她意外的是，此時應該敞開的前門緊閉著。她繞到了後門，此時應該鎖著的後門，卻半開半閉著。透過半開的門，M小姐看見儲藏室的燈亮著，心裡開始隱隱地不安起來。她推門走了進去，隨後看到了自己最不願看見的一幕：自己的未婚夫躺在血泊之中。來不及多想，也不知道米高是死是活，M小姐從驚恐中反應過來的第一件事就是立刻打電話叫救護車。

隱藏在暗處的兇手

很快，救護人員趕到了現場。但遺憾的是，救護人員什麼也做不了，因為現場的血跡和臭味都表明，已經沒有任何必要採取措施了。現在需要做的是，儘量保護好現場，等待探員的到來。

當重案組大 Sir 迅速趕到現場的時候，正好看見M小姐伏在米高的身體上痛哭。大 Sir 的判斷與救護人員一樣：這是一樁有待處理的兇殺案，但可以肯定的是，受害人已經死了好幾個小時。大 Sir 盡力去安慰悲痛無比的M小姐，但她一直不停地哭泣。於是在其他警員到達現場後，M小姐被帶走了。他們希望她能平靜下來，如果繼續留在房間裡，那會讓她更傷心。為了保持現場的完整，大 Sir 要求救護人員也按照來路離開房間，並且不要碰到任何東西。

從現場來看，兇手的作案動機也許是搶劫，但事實上案件的嚴重性遠遠超出人們的想像。通過研究，大

事主的未婚妻推門而進後，看到了自己最不願看見的一幕：自己的未婚夫躺在血泊之中。

探員在現場附近搜集證據。

事發單位的店外木門，沾滿血跡。

Sir注意到現場血跡很多，但搏鬥的痕跡卻似乎很少。這到底是怎麼一回事？難道是搶劫失去控制，變成了兇殺嗎？受害者認識兇手嗎？他沒有察覺到危險嗎？兇手又有幾個人呢？這些問題暫時還沒有答案，而兇手依然逍遙法外，警方需要儘快將其緝拿歸案。冗長而棘手的偵破工作也即將拉開序幕。

被包裹的兇器

大Sir相信，現場一定有什麼線索能夠幫助他找出隱藏在暗處的兇手。在仔細檢查過儲藏室後，他發現了一個包裹在塑膠袋中並不鋒利的長條形物體，上面還帶有血跡，也許這就是兇器。作為一名經驗豐富的探員，大Sir知道最好將它交給法醫鑑定部門進行檢驗分析。他們對受害人所能做的就是保護好現場，在法醫做出最後判斷之前，儘量使儲藏室裡的一切都保持原樣。

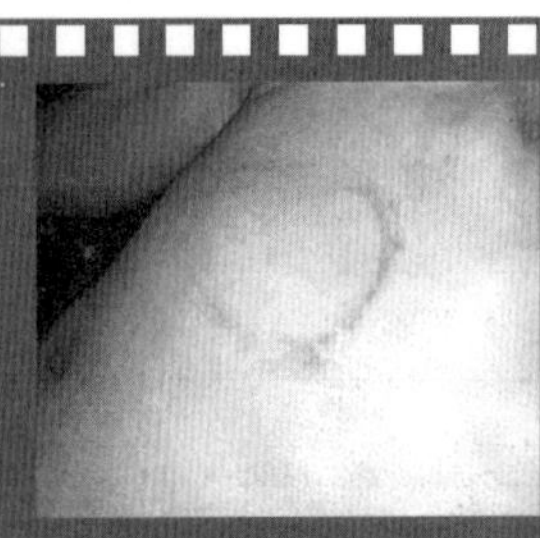
死者的胸口有幾道傷痕。

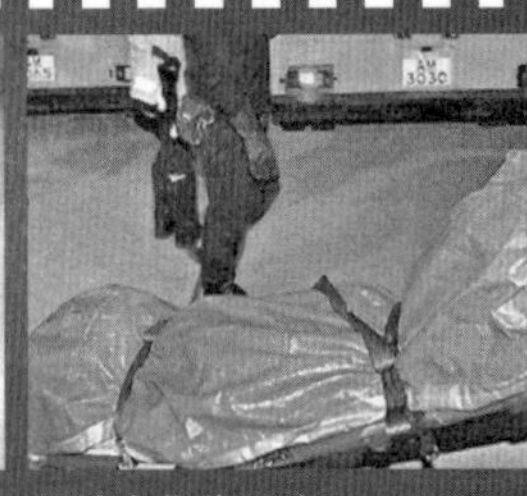
屍體由仵作運走

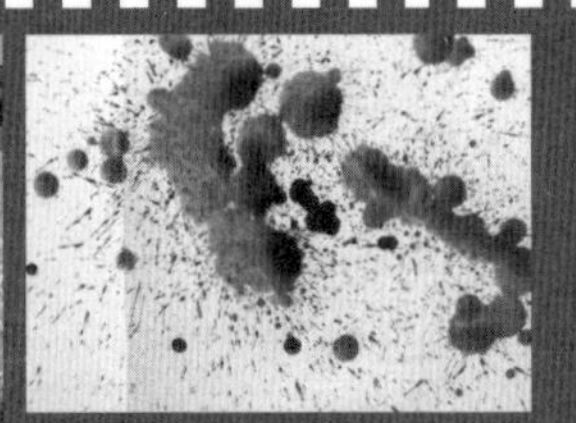
在案發單位中，血跡隨處可見。

法醫馬田，一名經驗豐富的法醫。他把檢查的重點放在儲物室的一側，因為兇手在殺人之後都會迅速逃走，因此線索主要存在於受害者的周圍。一旦有人直接進入現場，那麼他的腳印將會染污地板。因此，馬田關掉屋裡的燈，打開手電筒掃視地面，試圖找出腳印或者其他相關的證據。通常情況下，很少有人會來儲物室。馬田努力尋找著探員有可能忽略的證據，那就是隱藏在血跡或者灰塵中的腳印。

屍體在被送到停屍間後，病理學者才能進行解剖，以便儘快確定兇殺的細節。因此，在屍體被運走之前，馬田將那些有可能是罪犯留下的頭髮和纖維採集起來，以防在運送途中丟失。接著，馬田轉向了那個包裹著塑膠袋、血跡斑斑的長條形物體。難道兇手真的那麼不小心，將殺人工具留在犯罪現場嗎？在拍照和全面取證之後，他將這個重要物證仔細包起來，並加上了標籤。馬田對所有物品都進行了拍照和測量。

馬田繼續在現場搜尋更多的指紋，兇器則被送到了鐳射法醫鑑定部門的一位專家——理查的手中。對於這個塑膠包，傳統的指紋顯影法可能起不了什麼作用，它將被送去進行 DNA、指紋和血樣分析。

理查拿到的東西是包裹在兩個塑膠袋裡的一根金屬管，讓他覺得奇怪的是，塑膠袋似乎是早就準備好了的，而且還被非常仔細地捆綁在了管子上，上面還有一些血跡。為了知道袋子是如何被包上的，他首先給袋子拍了照，以便記錄下上面的褶皺和折痕，接著打開了塑膠包。

任何隨意的觸摸和摩擦都能破壞物體表面的指紋，而理查在萬能膠氣體的幫助下，將指紋固定在塑膠袋的表面，這樣可以減少指紋的流失。他只需用幾滴液體膠水，然後加熱，當膠水被加熱後就會變成蒸氣，而氣體會附著在指紋上，指紋就被固定下來了。

理查將塑膠袋放置到一個像是不銹鋼冰箱的容器中。容器中裝有風扇，風扇能夠使整個容器內部的空氣流通起來，可以讓萬能膠的蒸氣黏附在指紋上，實際上是黏附在指紋中的油脂、水和鹽分上面。

蒸氣停留在袋子上後，塑膠袋被拿出來放在一個通風罩裡，理查將螢光化學藥品噴灑在上面，染料於是又附著在已經固定了所有指紋的膠水之上。接著，他洗去袋子上那些肉眼看不見的多餘染料。他所使用的「羅丹明」是一種微紅的螢光染料，呈粉末狀，在溶液中活性極強。

理查戴上護目鏡，關閉頂燈，打開了氬離子雷射器。氬離子雷射器發射出一種青綠色的光，啟動了「羅丹明」染料的分子，它們開始振動，並發出青色的光。護目鏡濾去了所有的光，只剩下鐳射，閃著螢光的指紋呈現了出來，這些平時肉眼所看不到的東西此時卻顯得如此清晰。理查對看到的拇指指紋和掌紋做了標記。但他只識別出了一個指紋和一個掌紋，仍然有很多指紋需要尋找，而且必須要與嫌疑犯的指紋相匹配。當燈被打開時，他已經圈住了肉眼看不到的指紋和掌紋，這些神秘的圓圈就是兇殺武器上的指紋。但它們是誰的指紋呢？它們真是能將兇手與犯罪現場聯繫在一起的重要證據嗎？

在兇器上識別出的這些指紋和掌紋代表著一個新的開始，警方又向前邁進了一步。

唯一的目擊者

在案件調查中，前二十四小時最為重要，而現在，一整天已經過去了。服裝店的店主被人用棍棒猛擊而死亡的消息不脛而走，這條街上其

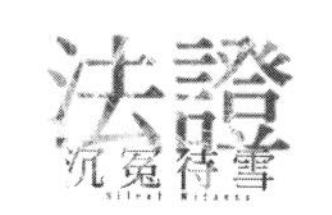

他的店主開始恐慌起來，紛紛打電話到警局要求警方儘快破案。現在已經過去了一整天，除了現場找到的疑似兇器和上面的指紋之外，再沒有多餘的線索，警方開始感到壓力重重。就在此時，一名目擊者打來了電話，聲稱案發時他就在現場，並看到了事情的經過。於是他被請到了警察局，講述了他碰巧看到儲藏室裡那個滿臉是血的屍體的經過。

兩天前，這名目擊者來到楊格街的這家服裝店，準備買些衣服，但發現店門緊閉著。當他準備離開的時候，一個男人打開門對他說還在營業，並極力邀請他進去。於是他走了進去，但總覺得不太對勁。那個打開店門的人並不像是一名專業店員或是殷勤的店主，而且他似乎都不知道如何操作收銀機。當這個所謂的店員放棄打開收銀機，開始跟著他在店裡走動的時候，他心裡那種不安的感覺更強烈了。在經過儲藏室的時候，他發現儲藏室的門是開著的，於是就隨便掃了一眼。但他看到的卻是一名男子躺在血泊中。他開始感到極度恐懼，於是謊稱沒有看到合適的要再去其他地方看看。當他離開後立即給報案中心打了電話，但他太震驚、太害怕，以至於語無倫次，最後，只好掛斷了電話。警方沒有得到完整的資訊，因此也無法展開調查。

現在，當他得知警方正在調查這樁命案的時候就主動聯繫了警方，將詳細情況告訴了警方，並提供了大量關於罪犯的詳細情況。

據目擊者描述，那個慌慌張張的「店員」身高大約六尺，頭髮蓬鬆，戴一副眼鏡，穿著長長的格子花呢外套。警方立即將情況通報各地探員。幾小時後，警方接到了一個電話。一名探員記得自己曾拘留過一名男子，那個人正好符合目擊者的描述，他的名字叫德斯蒙德・頓。

現在，罪犯的特徵和名字都有了，警方開始在檔案中尋找嫌疑犯的指紋。

指紋的五種基本紋形

根據目擊者的描述，嫌疑犯在收銀機旁的活動最多，所以警方需要在收銀機和鄰近的櫃檯上搜集指紋。在那些光滑的表面，例如，櫃枱頂部的玻璃上，傳統的指紋顯影法很快就能得到不錯的效果。為了讓效果更加明顯，調查人員在深色的表面使用白色粉末，而在較亮的表面使用黑色粉末。採集指紋實際上是相當大的一個挑戰，因為這是一個公共場所，來來往往的顧客會在架子、櫃檯頂部、門把手，甚至衣架上留下數不清的指紋。另外，很重要的一點是，指紋出現的時間無法確定。

讓馬田最感興趣的地方是收銀機附近，那裡有六個指紋，而且有大量的掌紋，都是在收銀機和附近的物體上採集到的。他用黏性提升帶獲得了一些指紋，再把指紋印痕放在空白的檔卡，固定的相紙或者醋酸鹽紙片上。

指紋的發現僅僅只是第一步，接下來，還要進行比較分析。在指紋比較方面，一種新型的協助犯罪調查的工具「埃菲斯」（AFIS），即自動指紋識別系統能為法醫提供大量的幫助。

人的手指一般有五種基本紋形：脊中斷點、分叉點、環點、短紋、和孤立點，這些都是說明辨別指紋的明顯特徵。指紋的核心，也是指尖的最高點，三角帶則是脊線散開的地方，測量指紋核心和三角帶之間的距離是一種常用的識別方法。一個指紋之所以獨特，就在於兩點之間的一系列特徵。

在處理潛在指紋時，調查人員能在一個指紋上面用上幾分鐘、幾小時，甚至是幾天的時間，這主要取決於指紋要素的數量。在過去，對匹配指紋的搜尋會耗費大量的時間。所有的指紋均按照形狀，比如拱形、高拱形、環形等等被分類並且歸檔。如果能找到合適的匹配指紋也是很碰巧的事情。

對於存在於犯罪現場的隱形指紋來說，自動指紋識別系統顯得尤為重要。如果採用傳統方法，是不可能在短時間內搜索到這麼多的指紋的。「埃菲斯」技術人員所要做的是在三百五十萬套指紋中找出與案發現場指紋最為相近的指紋，然後，比較其中的兩個手指。如果指紋清晰完整，在五十萬套指紋中，找出兩套相匹配的指紋的時間只需大約只需半秒。但大多數時候，案發現場的指紋都殘缺不全，並且很不規則。不過，法醫可以通過掃描，將對比度和亮度加大，這樣就能更好地進行識別。

當法醫專家分析證據時，調查人員正試著從人們口中盡可能多地了解嫌疑犯德斯蒙德・頓的情況。之前他們已經對德斯蒙德・頓做了一系列的背景調查，找到他以前居住過的地方，還派人去詢問過那裡的住戶。終於，有知情者給警局打來電話，說他看見霍頓出現在了市區。因此，警方下一步需要做的就是，找到他到底藏在什麼地方。雖然德斯蒙德・頓仍舊逍遙法外，但他快活的日子不會太久了。

德斯蒙德・頓

在兇殺案發生一個星期之後，有人在市中心某娛樂場所發現了德斯蒙德・頓的蹤跡。於是，警方很順利地在娛樂場所的舞池裡逮捕了他。但出乎意料的是，德斯蒙德・頓並沒有大呼小叫，也沒有不停地說：「我沒有殺人，我沒有殺人。」他只是非常平靜地問為什麼要逮捕他。他看起來沒有絲毫不安，也沒有任何吃驚的表現。

德斯蒙德・頓被帶到警局進行審問，他完全否認自己曾經到過服裝店，而且還說目擊者一定是看錯了。但警方知道，他在撒謊，因為那裡有他的指紋。根據兇器上的指紋，警方就能知道那可怕的一天，服裝店中到底發生了什麼。證據似乎已經齊備，推理似乎也無懈可擊，德斯蒙德・頓就是那個兇手。

警方在收銀機附近得到了德斯蒙德・頓的指紋，兇器上的指紋、作案動機、目擊證人，所有這些都可以證明德斯蒙德・頓在那個寒冷的下午殺死了店主。但在審判時，法庭卻並沒有判德斯蒙德・頓有罪。這到底是怎麼回事呢？在法庭上，控方代表人羅伯特・什認為德斯蒙德・頓進入了服裝的意圖是想殺死店主並偷走東西。德斯蒙德・頓看到四周沒人，就悄悄來到店鋪後面，他的手裡拿著一根事先準備好的鋼管。他發現店主正在儲藏室裡準備出售的衣服，於是就用攜帶的鋼管猛擊店主頭部，當店主倒下之後，德斯蒙德・頓又數次擊打受害人。最後，當他認為受害人已經失去知覺時，德斯蒙德・頓放下了兇器，讓他慢慢死去。控方認為德斯蒙德・頓的作案動機很清楚，那就是搶劫現金和衣服。但德斯蒙德・頓並沒有打開收銀機，更不用說將裡面的現金全部拿走了，因為當時正好有目擊者來到現場。

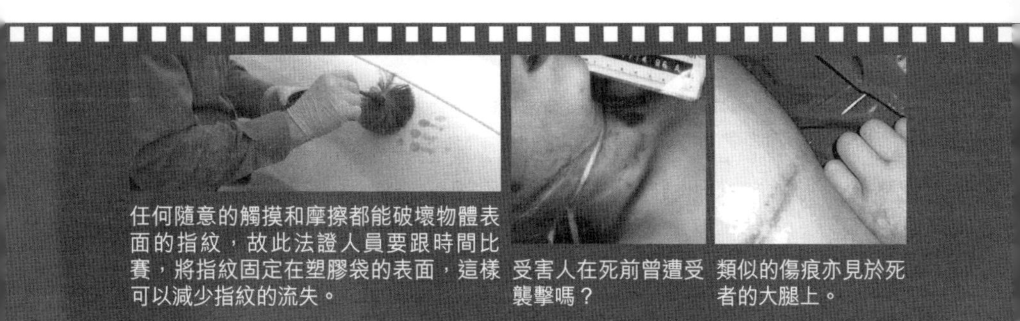

任何隨意的觸摸和摩擦都能破壞物體表面的指紋，故此法證人員要跟時間比賽，將指紋固定在塑膠袋的表面，這樣可以減少指紋的流失。

受害人在死前曾遭受襲擊嗎？

類似的傷痕亦見於死者的大腿上。

但讓人始料不及的是，德斯蒙德．頓承認自己曾在案發現場出現過，也曾試圖打開收銀機，但他只是進行了搶劫，並沒有殺害店主，而且只是隨意地碰了碰鋼管外面的塑膠袋，根本不知道那根管子的用途。他還聲稱兇手是另外一個名叫弗萊迪的人，自己只是負責在一旁把風。

控方所建立起來的整套理論在一瞬間土崩瓦解。畢竟兇器不會那麼容易被人發現，但也許，德斯蒙德．頓是故意將兇器留在店鋪之中的。也許，他製造了完美的案發現場，不僅留下了兇器，而且還請證人進入店裡，這樣，目擊者也會留下指紋和腳印，那麼他也會受到懷疑。如果現場有另外一個人的指紋，人們就會相信兇手另有其人。

塑膠袋再次被送到威茲尼沃斯克警官那裡進行檢測。經過不停的拍照分析，在雷射技術的幫助下，理查

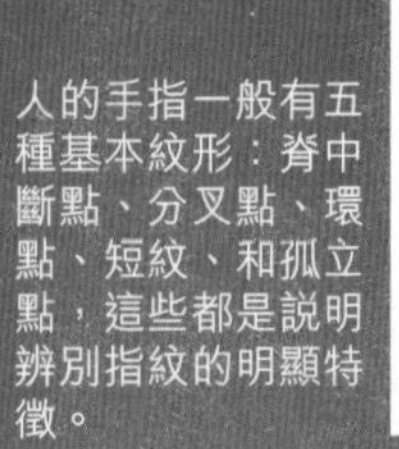

人的手指一般有五種基本紋形：脊中斷點、分叉點、環點、短紋、和孤立點，這些都是說明辨別指紋的明顯特徵。

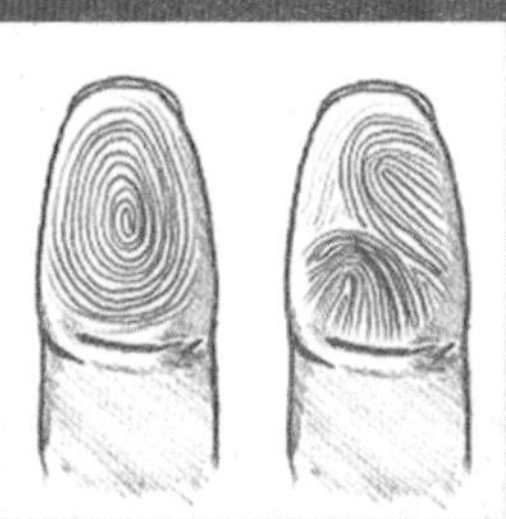

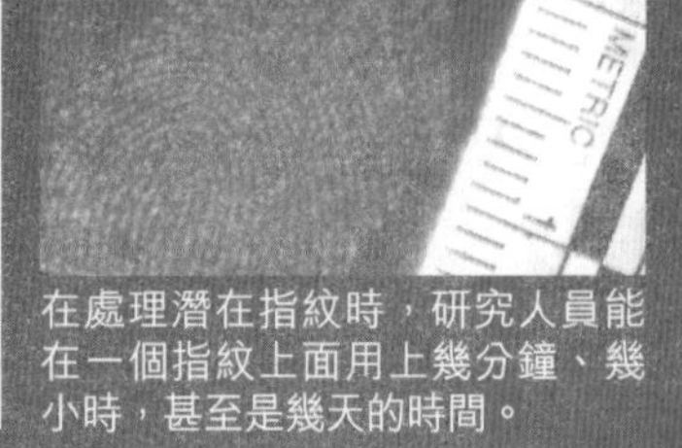

在處理潛在指紋時，研究人員能在一個指紋上面用上幾分鐘、幾小時，甚至是幾天的時間。

最終在塑膠袋內部折疊處發現了德斯蒙德・頓的指紋。這證明是德斯蒙德・頓自己將兇器包起來的。

當再次上庭時，理查被要求在法官、陪審團，以及眾人面前按照原來的順序準確地包上塑膠袋。理查成功地做到了，他打開塑膠袋，露出了袋子內部的褶皺，與他再次包裝的痕跡完全吻合。通過找出袋子內部的指紋，充分地證明了是德斯蒙德・頓本人親手包裹了那根兇器。顯然，如果一個人只是隨便地拿起包裹了一層塑膠袋的兇器的話，他是不可能將自己的掌紋留在塑膠袋裡面的。

在鐵的事實面前，德斯蒙德・頓終於不再狡辯，他承認了是自己偷偷溜進儲藏室並殺害了店主。

由於殺害服裝店店主，德斯蒙德・頓被法庭宣佈犯有二級謀殺罪，並判以無期徒刑。沒人能夠解釋為什麼他會將武器留在儲藏室裡，但這一舉動最終將他送進了監獄。

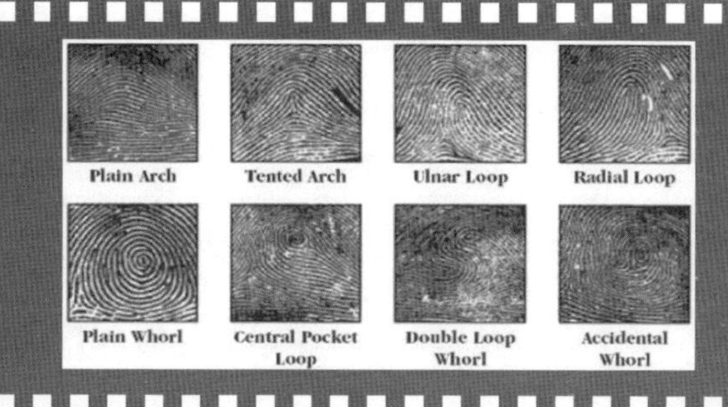

每個人的指紋都各不相同。

資料室

探員如何用指紋緝兇？

每個人的指紋不同，即使表皮磨損或被燒傷，癒合後的新生表面仍能恢復原來的紋路。可以說，在世界上沒有任何兩個人的指紋是絕對一樣的，這就像世界上沒有兩片相同的樹葉一樣。所以調查人員往往根據指紋來破案。

指紋是指人的手指末端正面皮膚上凹凸不平產生的紋線，紋線有規律地排列形成不同的紋形。紋線的起點、終點、結合點和分叉點，稱為指紋的細節特徵點。

由於每個人的指紋不同，就是同一人的十指之間，指紋也有明顯區別，因此指紋可用於身份鑒定。加上由於每次捺印的方位不完全一樣、著力點不同會帶來不同程度的變形，以及存在大量模糊指紋，因此如何正確提取特徵和實現正確匹配，是指紋識別技術的關鍵。

在案發現場如何來獲取指紋呢？原理很簡單，我們可以自己動手來做個小實驗：取一張乾淨的白紙，用手指在紙上面按一下，然後把紙對準裝有碘酒的試管上，並用酒清燈在試管底部加熱，等到試管中出現紫色的蒸氣後，你將會發現通常在紙上看到的指紋都會漸漸地顯示出來，最後可以得到一個十分明顯的棕色指紋。

這是什麼原因呢？原來每個人的手指上總會有油脂、礦物油和汗水，用手指往紙上按時，指紋上的油脂、礦物油和汗水便留在紙面上，只不過是人的眼睛看不出來罷了。當我們將這隱藏有指紋的紙放在盛有碘酒的試管口上方時，由於碘酒受熱後，酒精很快揮發，碘就開始昇華，變成紫紅色的蒸氣。由於紙上指印中的油脂、礦物油都是有機溶劑，因此碘蒸氣上升到試管上以後就會溶解在這些油類中，於是就顯示出指紋了。

又或者你可以根據場地的不同，以不同的方法去獲取指紋：

1 對於玻璃杯、窗框以及電燈開關燈光滑表面首先，用細軟的絨毛刷子輕輕拂去表面的灰塵。這些灰塵本來被汗粘在指印紋路中，去掉後，把乾淨的透明膠帶按在指紋上，拿起後按在一張卡片上，注明時間，地點即可。

2 對於粗糙表面上的指紋，比如車內飾物之類的可用氰基丙烯酸鹽粘合劑放在車內加熱，並把車密封，這樣會產生蒸氣，是指紋變成白色，並固定在原地。在用方法1取下指紋。

3 對於紙上的指紋用噴霧劑在紙上噴射茚三酮，用熨斗加熱即可。

4 對於室內找不到指紋時關掉房內所有的燈，用鐳射探測裝置掃射房間，可以讓指紋上某些化合物發光，把指紋拍攝下來就行了。（FBI早在一九八〇年就用此方法了）

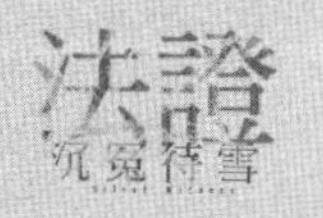

File 02

另類目擊證人

WITNESS

昆蟲、植物花粉甚至非人類的DNA，是如何幫助調查員偵破重案？

法醫專家將透過血淋淋的事實，揭示天然線索是如何留在人類的屍體上。

本章將通過幾宗中外經典案例，和大家深入探討。

CASE

ONE

警方破案最希望是找到目擊證人，但有時候最可靠的目擊證人並非是人，而是一些昆蟲。法醫專家通過檢查、分析命案現場的昆蟲特徵，可以從中獲取破案線索和證據，從而解決看似費解的破案難題。

昆蟲血液成另類目擊證人

一九八四年十一月二十五日，美國加利福尼亞州某鎮一個僻靜處，一具被害女子屍體被發現。由於警方難以判明死者確切的被害時間，案件的偵破工作陷入僵局。

後來，法醫昆蟲學家在屍體上發現了麗蠅的卵（麗蠅科的蒼蠅。外表一般都呈金屬色，長約十至十二毫米。當中以紅頭麗蠅及屍藍蠅都是鑑證學上的重要蒼蠅），使案情偵破取得進展。由於麗蠅只有在氣溫高於攝氏二十度時才產卵，核查當地氣象部門的報告，發現這名女子失蹤當天，當地氣溫正好高於攝氏二十度，於是警方根據此線索並彙集其他線索做出判斷：該女子是於失蹤當天被害。最後，案件偵破，兇徒落入法網。

這宗案例在當時不僅引起了昆蟲學界的關注，也震動了司法當局，從此昆蟲被美國司法部確立為判斷人體死亡時間的有效工具之一。

昆蟲、植物花粉甚至非人類的DNA，是如何幫助調查員偵破重案？

利用昆蟲破案的專家被稱為「法醫昆蟲學家」。在一些真實案例中，法醫昆蟲學家往往會利用昆蟲提供的線索尋找案件的突破口，他們那天馬行空般的聯想簡直令人歎為觀止。

比如，他們常會思考：修築在死者顱骨內的螞蟻巢穴與嫌疑犯有什麼關係？在屍體周圍爬行飛舞的蛆和蒼蠅與死者有什麼關係之類。我們原只知道警員利用嗅覺靈敏的警犬幫助破案，殊不知小小的昆蟲在破案中，也能起到重要的作用。

昆蟲的使命

通常，一旦命案現場涉及到昆蟲，法醫昆蟲學家就會立即趕到現場並收集相關物證。他們會從現場尋找屍體上的不同種類的昆蟲，仔細研究並找出昆蟲與屍體之間的關係，進而推測死者的死亡時間——這是破案的非常重要的資訊。為了使證據更加全面可靠，他們還親自觀察驗屍過程。

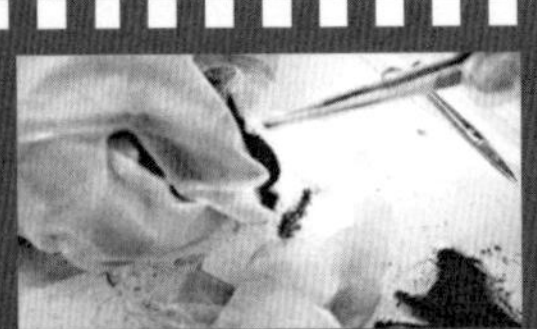
隨著法醫昆蟲學的地位越來越到肯定，昆蟲被多國司法部確立為判斷人體死亡時間的有效工具之一。

法醫昆蟲學家在屍體上發現了麗蠅的卵，使案情偵破取得進展。圖為麗蠅的頭部近鏡。

美國加利福尼亞州某鎮一個僻靜處，一具被害女子屍體被發現。

法醫昆蟲學既然如此重要，那麼法醫昆蟲學家的法寶應該很多。其實不然，他們的最經常用到的通常就是一個工具箱，箱裡裝著用於捕捉和轉移昆蟲標本的網和容器。法醫昆蟲學家的主要工作是檢查屍體及其周圍的昆蟲的分佈情況。如果死者的屍體或衣物在檢查之前被不適當地移動了，昆蟲就有可能跟著移動位置甚至離開屍體，那樣就會失去很重要的線索。所以，法醫昆蟲學家的工作程序總是先檢查暴露在外的衣物，接著是裡面的衣物，然後將屍體挪開，檢查地面，在現場其他地方的昆蟲也會被他們收集帶走。

如果發現的是昆蟲幼蟲，他們就會將幼蟲分裝到兩個容器裡，前者作為案件發生的生物學時間證據，後者帶回實驗室飼養直到成年，以確定牠們的發育階段。不過，法醫花在驗屍上的時間往往更長，包括探察死者衣物的質地，檢查死者的內臟和傷口，這些也都是非常重要的線索。

近年來，有關法醫學的電視節目吸引了愈來愈多的觀眾、使人們對於這樣一個學科的掌握不斷增多，也讓那些陪審團的成員們愈加看重法醫學專家提供的線索。如果在案件審判過程中缺少了這方面的證據，他們將會顯得很失望。因此，在案件的審理過程中如果沒有法醫學證據，相關人員需要對此給予解釋。

不過，公眾還是有一些誤解，以為法醫昆蟲學家給出的結論一定非常精確。其實，他們提供的只是對死者死亡時間的估計，並不能精確到某年某月某日幾時幾分。如果有誰能將時間精確到這樣的程度，那他極有可能就是嫌疑犯！事實上，成功破獲一起案件往往是多個專業小組共同努力的結果。通常，各小組分頭行動，法醫昆蟲學小組作為其中一員——對收集到的昆蟲線索加以分析，獲取有價值的資訊，然後與其他小組一起進行綜合分析，最終將結果交相關法律執行部門完成案件的調查。

破案法術

在一般的情況下，只要氣溫適宜，人死亡一定時間後，屍體上就會出現昆蟲。按其生活習性，這些昆蟲可分為屍食性、腐食性、食皮性、食角質性等幾大種類。此外，還有一些與屍體無直接關係的昆蟲，牠們是前述

一旦命案現場涉及到昆蟲，法醫昆蟲學家就會立即趕到現場並收集相關物證。

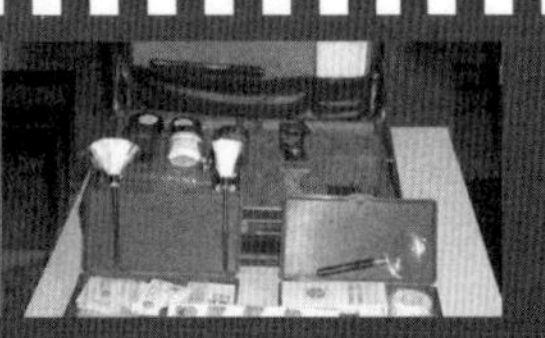
法醫昆蟲學家最常用到的通常就是一個工具箱，箱裡裝著用於捕捉和轉移昆蟲標本的網和容器。

昆蟲的捕食者或寄生者。

在熱帶地區，人死亡數分鐘後就有蒼蠅飛臨屍體，而在較寒冷的地區，則需要幾小時甚至幾天。蒼蠅在接觸屍體後可能立即產卵，也可能先吸食屍體產生的各種蛋白質液體然後再產卵。蒼蠅產卵的地方通常為屍體自然開口部位，如眼、耳、鼻、以及會在陰部，此外還有傷口處和血液裡。蠅卵在屍體上經過一天左右即可孵化為幼蟲。法醫昆蟲學家正是通過種類各異的法醫昆蟲的亮相時間來判斷死者的死亡時間以及是否被異地移屍等，取得破案的重要線索。

值得一提的是，昆蟲的蛹殼在屍體周圍的土壤中可以保存數百年之久。因此，在屍體高度腐敗甚至已經白骨化後，仍可能通過研究蛹殼達到破案的目的。

在屍體腐敗的不同時期，會出現不同的昆蟲種類，它們因此成為破案的重要「目擊證人」。昆蟲侵入並在屍體上生活的時間，可分為侵分期、分解期和殘餘期三個階段：

1 侵入期：這一時期的昆蟲以雙翅目蠅類為主，它們在屍體上的生命活動、產卵、幼蟲發育，以及世代交替等相關資訊，是推斷死亡時

間的重要依據。

2 分解期：即屍體腐爛的時期。這一時期的昆蟲主要包括麗蠅、麻蠅及一些甲蟲類，牠們是屍體的主要取食者和破壞者，屬屍食性昆蟲。此外，還有螞蟻、胡蜂等，屬雜食性昆蟲。除了昆蟲，還有其他一些食屍的小動物，如蜘蛛、百足蟲等。在這一階段，昆蟲的種類和數量逐漸增加。

3 殘餘期：這一時期昆蟲的數量極少。

地理區域特點、季節與溫度、環境條件屍體有否受傷或裸露等，也是影響屍體上的昆蟲種類出現及侵食屍體的重要因素。

法醫昆蟲毒理學

近年來，在法醫昆蟲學基礎上，又形成了一個新學科——法醫昆蟲毒理學。一方面，它通過研究藥（毒）物對寄生於屍體上的昆蟲及其幼蟲生長發育速度及生長模式的影響，推斷死亡時間。另一方面，它通過檢測昆蟲幼蟲體內的藥（毒）物情況，判斷死者體內有無藥（毒）物以及含量多少。

蒼蠅幼蟲體內的任何藥（毒）物只可能來自於其寄生的腐敗人體組織。也就是說，通過檢測蒼蠅幼蟲體內藥（毒）物情況，可以確定屍體組織內是否含藥（毒）物以及含量多少。這一發現解決了高度腐敗屍體無法採集血液和合適的組織標本用作毒物分析的問題。法醫學家發現，不同毒物中毒死亡的大鼠屍體對蒼蠅的吸引力不同。他們還發現，多種金屬元素包括銅、鐵、鋅及鈣，可在成年家蠅體內積累。只要檢測這些金屬元素，就可以幫助確定死者的來源地。

湯瑪斯．比弗博士是一位法醫病理學家，他對屍體旁經常出現的昆蟲非常重視。他說：「在法醫病理學領域，昆蟲基本上有兩種作用，首先是毒理鑑定。通過採集、分析幼蟲，我們可以判斷死者體內是否含有可卡因或海洛英，從而判斷死者是否吸食了過量毒品。其次是協助我們找到損害或受傷部位。我們知道，蠅蛆經常會聚集在傷口四周，蒼蠅也會飛到屍體上有體液流出的地方，比如槍傷或刀傷的創口。因此，我們可以由此推斷出死者的哪個部位很可能受到了傷害。」

從犯罪現場到解剖室，甚至到法庭，昆蟲都能幫助刑偵人員偵破案件。如果死者無法道出真相，那麼就要借助其他力量。

CASE

TWO

警方破案最希望是找到目擊證人，但有時候最可靠的目擊證人並非是人，而是一些昆蟲。法醫專家通過檢查、分析命案現場的昆蟲特徵，可以從中獲取破案線索和證據，從而解決看似費解的破案難題。

案件中的非人類 DNA 物證

隨著科學技術的發展，作為人身同一認定的最好方法，DNA 鑑定技術廣泛地應用於刑事案件偵查過程中，成為揭露事實真相和準確、有效打擊犯罪分子的工具。

其實，除了人類的 DNA 外，還有一些非人類的 DNA 同樣值得我們關注。譬如，殺手自家貓身上的 DNA 可能留在了受害人的身上；在小偷忙於搬運賊贓的時候，狗可能舔了小偷的身體；或者，狗可能在搶劫犯的車上撒了泡尿……這些都可能成為案件偵破的證據。

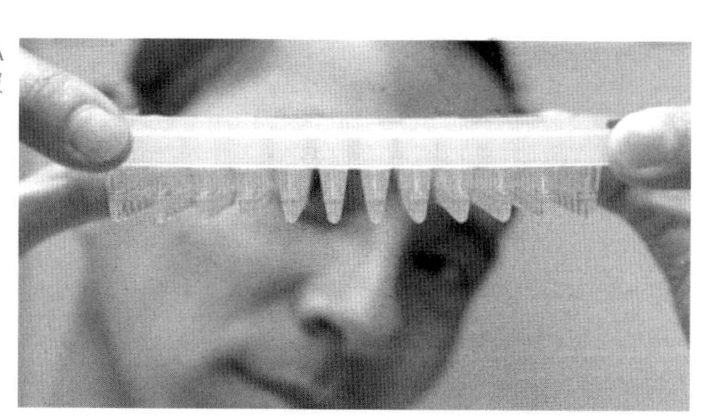

一些非人類的DNA可能成為案件偵破的證據。

一九九四年十月，在加拿大東海岸的艾德華王子島，三十二歲的當地女子雪麗．頓甘離開家後再也沒有回來。她是一名單親母親，獨自撫養著五個孩子。

雪麗的失蹤讓朋友們非常擔心。最初，大家以為她去拜訪親戚，但打電話與她的親戚們聯絡後，卻發現事情並不是這樣。儘管如此，雪麗的親友們並不願意報警，因為他們怕這件事被雪麗的前夫道格拉斯知道，進而爭奪對孩子的撫養權。道格拉斯是個脾氣暴躁的人，如果孩子的撫養權被道格拉斯得到的話，對孩子們未必是件好事。

四天後，警員在郊外發現了雪麗的汽車。車內是空的，車窗上還有血跡。警員通過車牌號找到了雪麗的家，雪麗的親友們這才承認雪麗已經失蹤了四天。於是，警方開始大規模的搜索。

三星期後，警員在兇案現場附近、約二千多米的距離外，發現一個塑膠袋，裡面裝有一件男性外套和一雙跑鞋，外套上也有血跡。警員仔細測試了外套上的血液樣本，發現與雪麗的血型是一樣。同時，警員在外套上還找到了一些白色的毛髮。不過，除此以外，並沒有進一步發現任何與雪麗有關的資訊。隨著冬天的來臨，警員不得不停止搜索，雪麗的下落也就成了謎。

直到第二年五月，有位漁民無意中在樹林裡發現了雪麗的屍體。顯然，她是被謀殺的。

警員的第一個懷疑對象是雪麗的前夫道格拉斯，而且道格拉斯也有犯罪前科，但道格拉斯卻聲稱自己有不在場證據。據他表示，案發當天，他在其他地方做事。不過，亦有目擊者說，道格拉斯在案發當天曾經將車停靠在雪麗家附近。還有人見過道格拉斯的手掌有鋸痕。

因為沒有人親眼見過道格拉斯殺人，警員只好指望手頭的證據能幫上忙。雖然外套上的血型對上了，但這還不夠的——畢竟，血型相同的人很多。最後，警員注意到外套上的幾根白色毛髮，同時想起道格拉斯的父母家裡養有一隻白色的貓。如果能證實毛髮來自於這隻貓，那也就能讓陪審團相信道格拉斯就是兇手。

當時，有技術能力鑑定貓毛的機構並不多。加拿大警員找到了美國馬里蘭州一位有能力做動物遺傳信息比對的動物遺傳學專家史蒂芬·奧布萊恩，希望他能夠幫忙比對這些毛髮證據。

實驗的最終結果證實了警員的猜想：外套上找到的毛髮與道格拉斯

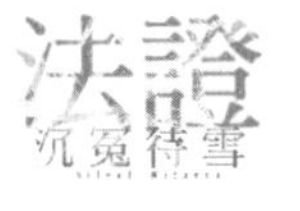

家中的貓完全匹配。法官確認了這項最有力的證據，道格拉斯最終被判監十八年。

如何用動物DNA作為證據？

動物DNA物證會為案件的偵破提供怎樣的幫助？如何進行鑑定？諸如此類的問題都是人們所關注的。

我們知道，人和動植物都是由大量細胞構成的，絕大部分的細胞都含有細胞核，細胞核內有遺傳物質核DNA，人們所熟知的親子鑑定通常就是採用的核DNA。人類的血紅細胞是沒有核DNA的，但是血液中的其他細胞有核DNA，比如白細胞，所以血液可以作為DNA鑑定的樣本。

核DNA通常是成對存在的，分別來自父母雙方。人類的二十三對核染色體包括二十二對常染色體和一對性染色體（狗有三十九對染色體，馬有三十二對，而貓卻只有十九對）。男性的性染色體一條是X，一條是Y；而女性的兩條性染色體都是X。Y染色體是父系遺傳的，也就是說同一父系的男性親屬擁有一致的Y染色體。細胞核外的細胞質裡通常有一千多份比較短的線粒體DNA。線粒體DNA是母系遺傳的，子女與母親擁有一樣的線粒體 DNA。微生物的 DNA 構造與常見的人類和動植物的 DNA 不太一樣，需要特別解析。

有些電視節目中曾提及，將動物毛髮作為偵破案件的證據，但在這些案件中，動物毛髮更多的只是作為物理證據，人們只是比較了動物毛髮的發質、顏色、構成等是否一致。

至於將動物 DNA 作為證據，還需要特別的技術手段。比如只有在毛髮的根部才能提取到核 DNA，杆上只能提取到線粒體 DNA。線粒體 DNA 由於遺傳自母親，而所有來源於同一母親的親屬擁有幾乎相同的線粒體 DNA。因而，單憑線粒體 DNA 在法庭上作為證供的力度往往不夠。此外，同一個人不同器官的線粒體 DNA 也可能有微小的差異，這更使線粒體 DNA 證據的可信度大打折扣。

另一方面，即使將提取到的動物核 DNA 作為證據提供給法庭，也要面臨其他難題：人們飼養的寵物大量近親繁殖，使得很多寵物之間具有親屬關係。也就是說，隨便找兩條狗，它們的相似程度應該大於任意兩個人的相似度。這意味著，近親交配使得動物 DNA 匹配的概率很難達到 1:10 億，也就是通常人類的標準。

於是，為了達到足夠的統計學上的區別能力，並滿足證供要求，相關機構需要鑑定多於人類的 DNA 位點，比如二十個位點（現在人類鑑定的 DNA 位點通常是十三至十七個）。

我們知道，任意兩個人之間（除了同卵雙胞胎）的 DNA 序列有 99.9％是相同的，僅有 0.1％的差異。這剩下 0.1％的差異仍然意味著約有三百萬個堿基對彼此不同。

所謂位點，就是指那小於 0.1％的人與人可能不同的 DNA 區段。簡單做個比喻：兩個人的區分可以用身高和體重，但是身高、體重並不是確定人的身份的唯一依據。確定一個人的身份，需要更多的特徵輔助認證，如出生日期、姓名等等。DNA 的位元點就相當於人的某個特徵。

其他案件

再談談多些有關剛才提及的案件：自從雪麗的案件偵破之後，動物在舔噬、褪毛、撒尿等方面的特徵被越來越多地應用到犯罪調查中。

在美國新墨西哥州，警員在一處犯罪現場發現一條叫大力士的狗的毛髮，從而證明狗的主人是殺人犯。在美國愛荷華州，一條叫洛佛的狗在罪犯的車胎上撒尿，從而給警員提供證據，找到了罪犯。貓和狗僅僅是可能出現在犯罪現場的眾多動物中最常見的兩種，其他寵物和家畜最近也被納入到鑑定系統中。

不久前，有些研究者分析了貓、狗、豬、羊、牛、馬等常見動物的DNA和精子形態，這些研究的起因是，不斷有動物性攻擊人類嬰幼兒的案例出現，比如哥倫比亞的一個研究組曾經報告當地發生多起寵物狗強姦人類嬰兒的案件。與昆蟲DNA相關的民事和刑事案件也陸續發生，比如鑑定被昆蟲污染的食品；而與動物競技相關的行業（比如賽馬）的興盛，進一步推動了動物DNA鑑定的發展。

另外，動物保護組織正在建立瀕危動植物的DNA資料庫，以便調查和保護這些動植物。

為了保護森林資源，加拿大不列顛哥倫比亞省林業局的科學家們更是想出用樹木的DNA來抓偷伐者。從原理上講，用樹的DNA抓偷伐者與用人的DNA抓罪犯其實是一樣的，需要比較樹樁的DNA和被偷伐樹木的DNA，如果兩個樣本的所有位元點都一致，那麼這兩份DNA來自一棵樹。

中國國內也報導了一些動物DNA鑑定的案件：北京順義區農民高某與同村李某爭奪母豬，通過鑑定豬仔與母豬的親子關係而定案；杭州李女士懷疑所買的牛肉是豬肉，通過DNA鑑定，最終還賣主清白；膠州市劉先生想要回自己走失的寵物狗，向法院申請DNA鑑定，等等。

自美國「911事件」後，出現了包含有炭疽菌的郵件攻擊事件。隨後，美國政府投入大量資源建立微生物DNA資料庫，力求能在微生物反恐的研究上有所突破；並希望未來幾年能在各個要害部門，比如政府部門和機場，部署能即時檢測空氣中微生物DNA的儀器，以迅速確定是否存在對人體不利的微生物。

行業認證和未來發展

新的需求帶來新的技術，新的技術能幫助解決許多問題。專家們認為如果有更多通過認證的實驗室參與的話，將有成千上萬與動物DNA相關的案件被破解。但是許多為政府工作的實驗室並不情願參加這方面的認證，因為他們沒有額外的資源來應付動物DNA的品質控制。更糟糕的是，一個微小的差錯就可能使他們的測試結果被指責為樣本受到污染或錯誤，進而變得缺乏說服力。

沒有通過有關認證，法院自然會拒絕使用這些實驗室的結果作為證據。一些律師也在猶豫，是否將動物 DNA 證據送到相關實驗室做分析，因為沒有得到認證的實驗室的結果，對整個訴訟結果所起的作用往往是負面的，而通過動物 DNA 認證的實驗室屈指可數。實際上，大部分 DNA 實驗室都有能力鑑定常見動植物的 DNA，所需要的只是資金和時間的投入。

另外一個與此直接相關的，就是動物 DNA 資料庫問題。現在，美國、英國、南非的一些公司有些小規模的資料庫，政府也累積了一些案例。不過，要滿足現實的需要，必須要有更多的資料、更龐大的資料庫。因為動植物數量眾多，建立 DNA 資料庫的工作將會非常昂貴繁瑣。加之許多律師還對這項技術不甚了解，更阻礙了動物 DNA 物證的發展。

其實，美國之所以這麼關注將動物作為證據，是因為那裡幾乎家家戶戶都養著狗或者貓，罪犯要想不碰到寵物實在不易。而在中國，寵物數量相對較少，一些地方甚至禁止養狗，所以對動物 DNA 的關注就會少很多。

CASE

THREE

在犯罪學中，植物物證鑑定原來是幫助偵查案件的最有力手段之一。與其他物證的鑑定相比，如指紋、毛髮、體液、彈痕等相比顯得較為冷僻。正因為如此，植物物證常常被人（包括犯罪嫌疑人）所忽略，並在不經意間留下了證據。

植物碎片作證
神奇的植物破案術

開花季節，成熟花粉借助於風的吹送，或借助於昆蟲的攜帶而四處飄零，以尋找適合自己的配偶，完成傳粉受精、傳宗接代、繁衍種族的任務。

原來，人們在進行戶外活動時，會在不知不覺中將花粉粘附在身體或衣服上，對這些花粉進行鑑定，其結果會洩漏出人們戶外活動的空間地域，為縮小和圈定偵查範圍提供依據。

在犯罪學中，植物物證鑑定原來是幫助偵查案件的最有力手段之一。

在奧地利多瑙河一帶，發生了一宗失蹤案。警察們只知道那人一去不復返，不知道死在哪裡，怎麼死的。由於那人是政界重要人物，有人估計可能是被謀殺。

於是，警察局開始分析與那人有關的政敵，抓住了一個嫌疑犯。審訊一開始，嫌疑犯就說自己最近一直在首都維也納，沒有去過別的地方。

一位精明的警察注意到嫌疑犯的鞋子上粘著泥土。他想，如果嫌疑犯真的在最近沒離開過維也納，鞋上怎會上粘著泥土呢？這些泥土緊緊粘在鞋上，可見本來是一種稀泥。

警察取下嫌疑犯鞋上的泥土，進行仔細分析。他們用顯微鏡觀察，發現泥土中夾雜著一些形狀奇特的小點。幸虧那位警察十分博學，估計可能是花粉。於是，就請花粉專家來鑑定。

果真，那些小點是花粉。花粉學家出，這是榿木和松樹的花粉，另外還有一些是三千萬年前的植物花粉。

什麼地方會有這些花粉呢？花粉學家告訴警察，唯獨維也納南部的一個人跡罕至的水潸地區，才會有這些花粉。就這樣，現代科學解開了花粉之謎。

在鐵的事實面前，罪犯只好如實招供了謀殺罪行。警察根據罪犯的口供，在那水潸地區果然找到了被害者的屍首。

花粉為什麼能夠幫助破案？

如今，調查人員在破案時，已開始重視花粉的作用。他們從鞋泥、手提包裡的空氣中尋找花粉，為破案提供線索。

花粉為什麼能夠幫助破案呢？原來，花粉有以下特點：

1 花粉多

一朵楓樹花，有八千粒左右花粉。一朵棉花，有二萬粒花粉。一朵

豌豆花，有三萬粒花粉，一朵蘋果花，有約六粒花粉。松樹的一個花序有十六萬粒花粉。一朵蒲公英花，有二十四萬粒花粉。一棵玉米，有五億粒花粉。一棵松樹，在一年內能產生六十億粒花粉！

2 花粉小而輕

花粉數量的多寡，一般用肉眼看不見，只有用顯微鏡或者電子顯微鏡放大才能看得見。它的大小是用微米（亦即一百萬分之一米）為單位計算的。松樹的花粉要算是比較大的了，直徑也只有八十微米。花粉小，也就很輕，一般只有0.000000001克重。這樣，風一吹，花粉就漫天飛舞，到處都有它有蹤跡，可以飛到一千多公里以外，可以飛到二千多米高。

3 花粉形狀各異

油菜和百合的花粉是橢圓形的，水稻和菜豆的花粉是球形的，還有的是三角形、四方形、元寶形。

不可小覷的「信息庫」

現在，研究花粉已經成為一門專門的學問——花粉學。

也許你會問：那位嫌疑犯的鞋泥中，怎麼會有三千萬年前的花粉呢？

這是因為花粉有著一層堅硬的外殼，即使埋在泥土中，裡面的有機質已經爛掉，外殼依然存在，形成極為微小的花粉的化石，被稱為「微體化石」。

在不同的年代，生長著不同的植物。於是，在不同的地層中，也就埋有不同的花粉化石。地質學家們很注意研究地層中的花粉化石，用來確定地質的年代。第一次世界大戰時期，瑞典地質學家借助於分析地層中的花粉，找到石油礦，引起各國的注意。後來，美國、英國、德國、波蘭、澳大利亞等國地質學家，也運用地層中花粉的分析，找到煤礦、石油礦。解放後，我國在尋找油田時，地質學家們也十分注意研究地層

中花粉的分佈，從「花粉信息」中得到線索和啟示。

一九七五年，英國科學家平森特博士注意起新鮮的花粉來。他認為分析這些花粉的成分，同樣可以幫助找礦。

他的研究方法十分有趣。每到一地，便捕捉那兒的蜜蜂。蜜蜂是花粉的天然採集者。從蜜蜂腿上，可以取到成團的花粉球。平森特博士用光譜分析法分析花粉球的成份。

有一次，他發覺花粉中的含鉛量比平常增加了四至九倍。他根據蜜蜂提供的這一「信息」，在當地找到了鉛礦。

他的發現，為找礦提供了一種新奇的方法。有人照他的方法去做，查出某幾個地方的花粉中的金、汞、鋅、砷含量明顯偏高，結果找到了金礦、汞礦、鋅礦、砷礦。

植物任何部位都有可能成為物證

由此可見，植物任何部位都有可能成為物證。除葉和花粉外，植物的花、果、莖幹、樹皮、根和根莖等部位都有可能成為物證，即使它們碎成了碎片。不同種類植物的這些碎片，依然各自特徵明顯，因而有可能鑑定出其所屬的植物種類，幫助分析和偵查案件。所以在案件的偵查中應當注意植物物證的提取，這些物證有可能在案件的偵破中起到意想不到的作用。

筆者和同事與刑偵人員曾有過較長時期的合作。深知案件的偵破，不僅關係到一個人的利害、榮辱甚至生死，還關係到一個或幾個家庭的悲歡和離合，更關係到社會的和諧和安定，責任可謂重大。所以要求從事此業的人不僅要精通業務，還要在工作上精益求精、一絲不苟，更要實事求是。只有這樣才能做到打擊罪犯、保護人民。

EVIDENCE
CHAIN OF CUSTODY

File 03

鑑證工具

INVESTIGATION

熱播懸疑劇在展現驚險案情的同時，也讓我們看到種種新奇的科學鑑證設備。

蛛絲馬跡往往都是破案的關鍵線索，有了高科技的設備作輔助，調查人員猶如如虎添翼。

本章搜羅了各種探案劇中經常出現的鑑證工具，為讀者一一介紹。

鑑證工具

罪案劇在展現驚險案情的同時，也讓我們看到種種新奇的科學鑑證設備。尖端的設備往往是破案的制勝法寶，有了高科技的設備作輔助，調查人員猶如如虎添翼。下面是各種探案劇中經常出現的鑑證工具，為你一一介紹。

以下我們從「現場勘測、證據收集、法醫檢驗」三個探案環節，並通過豐富的圖解內容來認識各種精密的儀器設備。

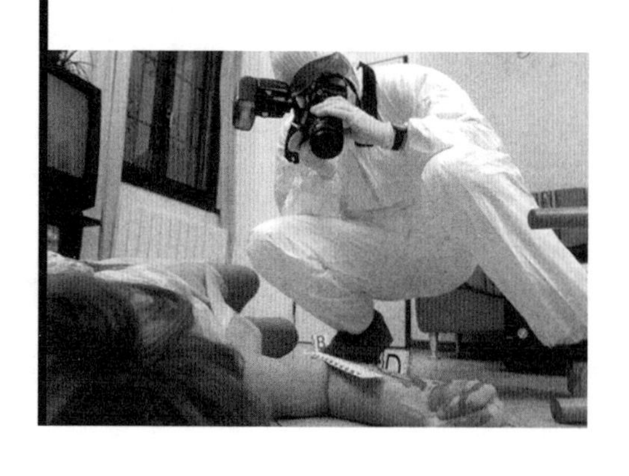

1 現場勘測

到達犯罪現場，調查人員會先把目標鎖定在嫌疑人最可能接觸到的地方，即嫌疑人進入或離開現場可能經過的門窗、抽屜、保險箱及其他存放物品的地方——尤其是當遇上盜竊案件的時候。

不管犯罪現場的範圍有多大，調查人員會有條不紊地層層清查犯罪現場。他們會採用之前提到的螺旋式、平行式、網格式和分區式的搜查方法來搜查犯罪現場。他們會用拍照、攝影、繪圖、文字描述等方法，來記錄現場狀態。

1 證物拍照、記錄

除相機外，在對證物的位置、大小進行測定和記錄時，一般會用到如下工具：

雖然我們經常在螢光幕中，看到調查人員利用電腦程式進行繪圖模擬現場的方法（如右頁），但在現實中，調查人員還是會用手繪的方式記錄現場狀態：

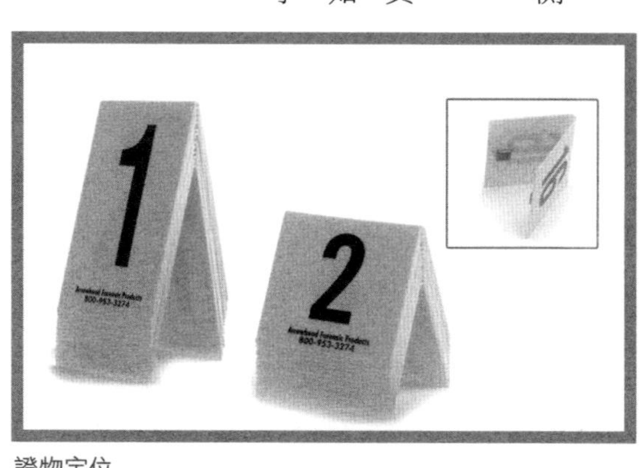

證物定位

2 現場狀態製圖

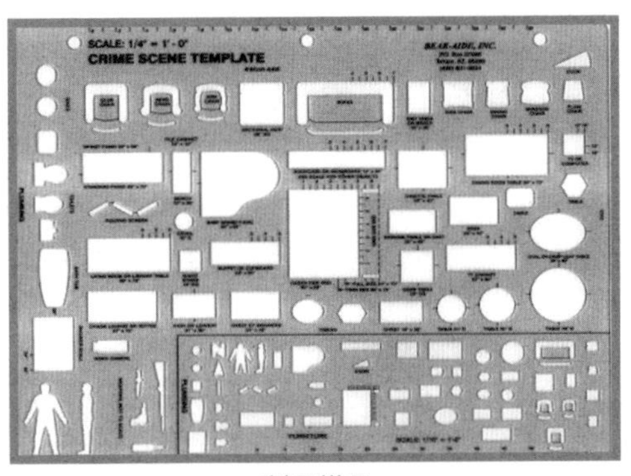

製圖模具

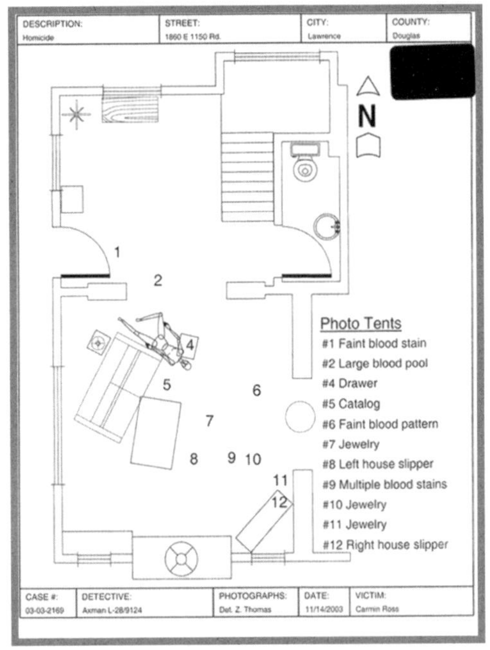

法醫經常會用手繪的方式，記下現場狀態。

2 證據收集

無論兇徒如何精心策劃犯罪，有一件事絕對可以肯定：他們在離開現場之前，都一定會留下破綻。這些東西，我們稱為「司法證據」。

司法證據大致可分為三類：生物證據、物理證據和其他證據。

1 生物證據

生物證據是指血跡、毛髮或其他體液和有機物質（如毒害性物質）。通常在戶外會架起帳篷，以防自然環境會破壞證據。

一般來說，在樣本採集工具箱內，通常都會包括右面幾種樣本採集和測試工具：

（1）血清樣本的快速檢測試劑

在罪案現場，調查人員或許會發現一些

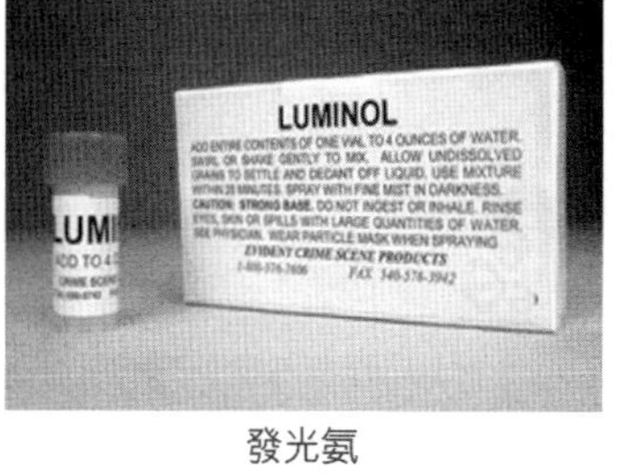

發光氨

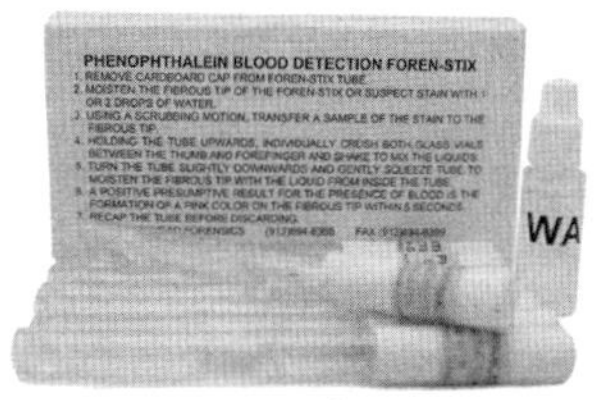

酚酞

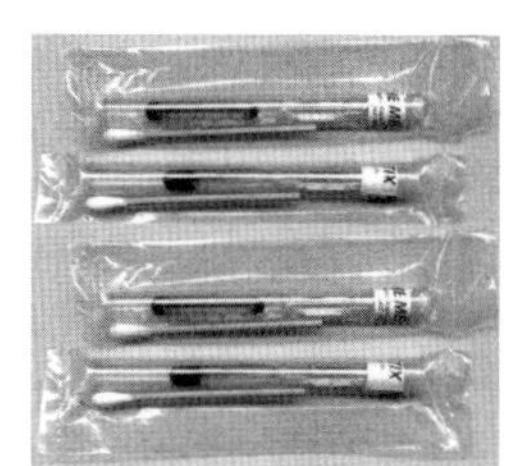
血清檢測試劑

亞鐵血紅素清檢測試劑

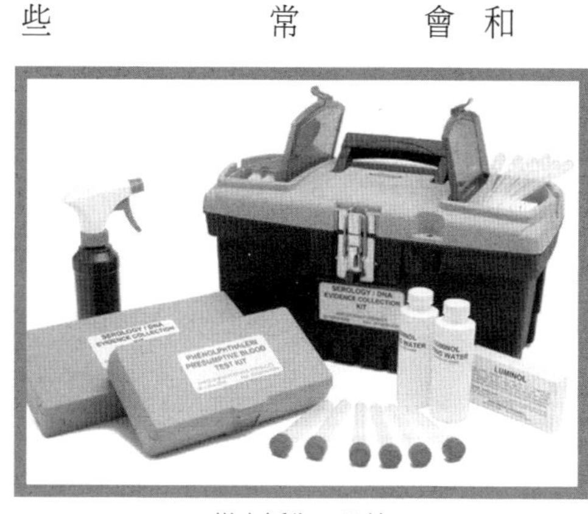

樣本採集工具箱

疑似血液的物質。這時，調查人員就要拿出工具和試劑對其進行檢驗。

一般來說，對血液樣本進行快速檢測的液體試劑有酚酞、發光氨、聯鄰甲苯胺、龍膽紫、亞鐵血紅素血清這幾種。當然，試劑也有固體形態的，例如在使用的時候，要加少量的水（大概一滴）。以上這些測試的原理都基於血紅蛋白催化反應，檢測時會發生顏色變化，而採用發光氨則會有螢光反應。

有時候，在罪案現場採集到的血清樣本或許並不屬於人類，於是還要對其進行進一步測試。這時，這個類似不規則六邊形的「六角OBTI」就大派用場。

「六角OBTI」的中間一塊是試紙，配合試劑，在搜集到血清樣本以後，可通過此工具進行抗血清測試，通過測試結果的陽性反應或陰性反應，來迅速判斷採集到的血清樣本是否屬於人類。測試時間大概在兩分鐘左右。

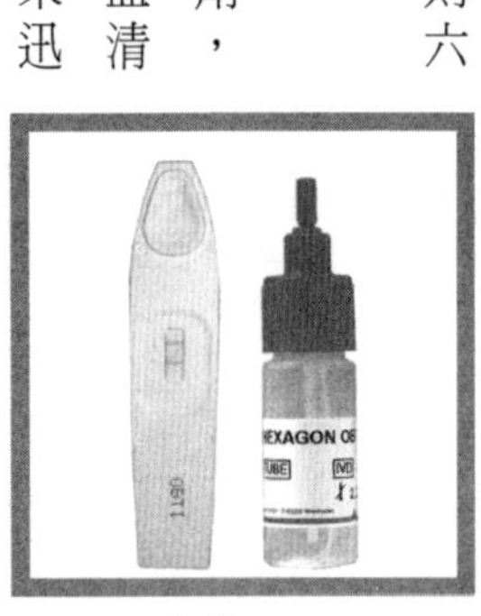

六角OBTI

採集到的血清樣本要對其進行保存，以待日後需要時，進行檢測，或者進行實驗室中的進一步化驗，用上面這個工具，就可以對其進行保存、運輸。試劑管內已噴好抗凝劑。在試劑管外，另有一層塑膠管將其保護起來。

（2）DNA樣本採集與檢測

DNA樣本的種類，一般有血液、精液、口腔物質等。各種物質都有不同的工具，來對其進行採集和檢測。

上圖是血清類DNA樣本的採集工具，由試管和消毒棉簽組成。用前面提到的血清類檢測試劑，可對其進行簡單的測試。

精液也用上面所說的棉簽加試管組成的工具採集。但其檢驗試劑主要有兩種：

DNA樣本採集存放管

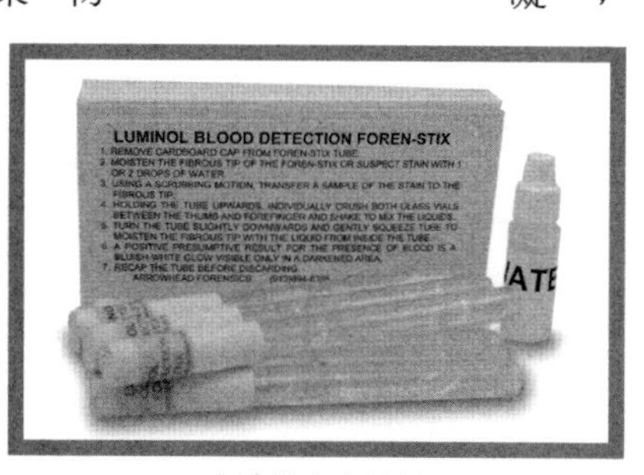

血清樣本存放管

其一，通過化學反應產生的顏色變化確定被檢驗物質是否為精液。

其二，通過特殊光線下的螢光反應來判斷，這一點與血清檢測中的發光氨有相似之處。

還有專門的工具用來提取口腔內的DNA物質。由於口腔皮膚較為脆弱，且口腔結構有一定的特殊性，所以提取口腔DNA物質的藥簽會有所不同。這種特殊的藥簽更為柔軟，由泡沫材料製成，圓形的頂端能擴大與口腔內部的接觸面積，更便於DNA物質的採集。

與血清樣本一樣，DNA物質樣本也有專門保存、運輸工具，以上就是常見的一種。

法醫將採集存放管放入資料庫。

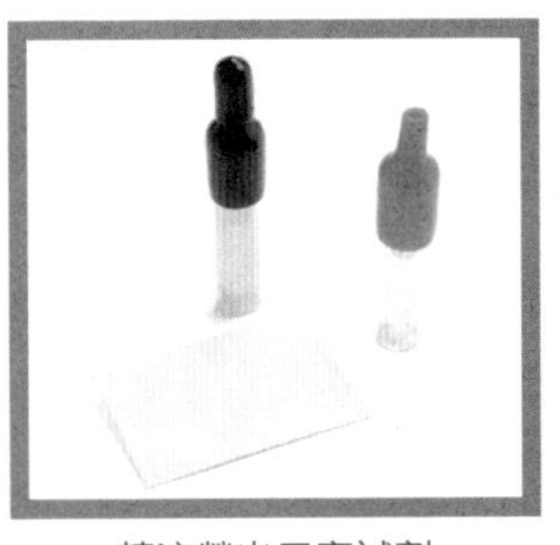
精液螢光反應試劑

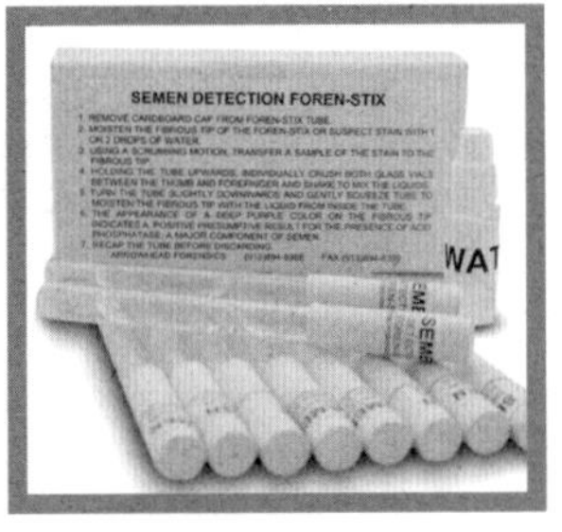

精液快速檢測劑

口腔DNA物質提取工具套裝

（3）毒害性物質的採集與檢測

以上工具是用來收集毒害物質的容器。其結構是在聚丙烯瓶內套嵌一支抗化學腐蝕的玻璃瓶。將化學毒性物質殘渣放置其中，可以在運輸、保存過程中起到很好的防護作用。

一般來說，化學毒性物質大多是指興奮劑或者毒品，上面兩張圖中的試劑就是分別用來檢測可卡因和嗎啡的。

除了這樣分別包裝的試劑之外，在實際操作中還會使用到上圖所示的一種小巧的檢測板，它集多種藥性測試的功能於一身，能迅速檢測出包括可卡因、冰毒、安非他命、甲基安非

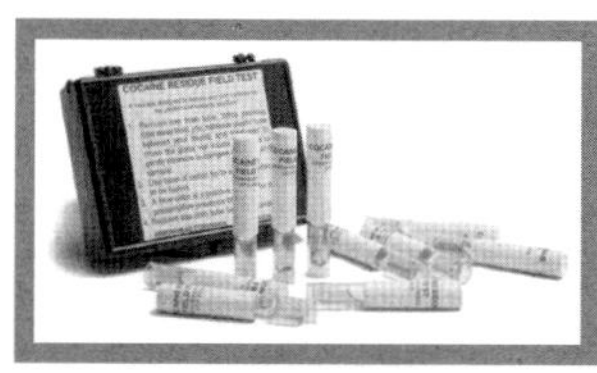

可卡因檢測試劑

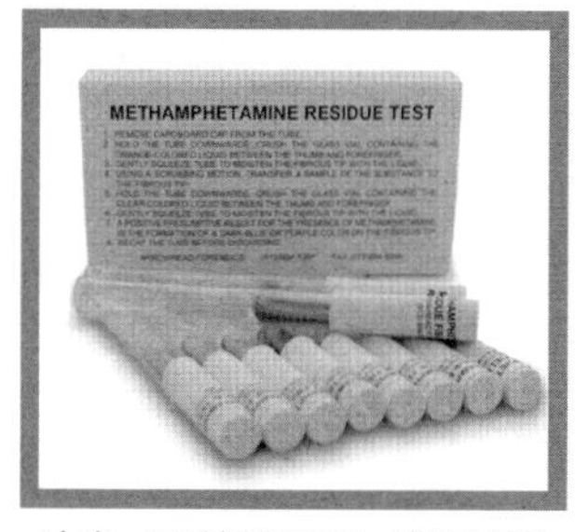

冰毒（甲基苯丙胺）檢測試劑

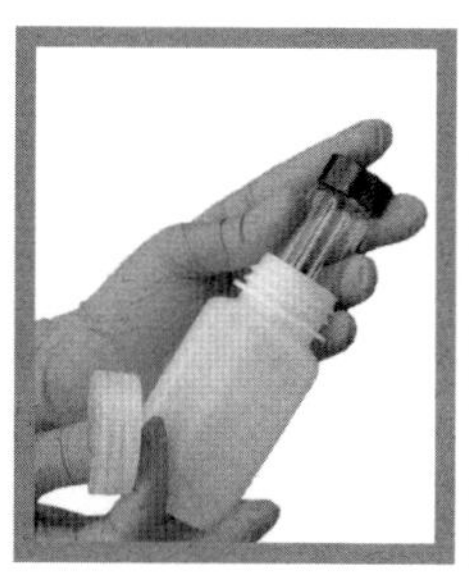

毒害物質手機存放瓶

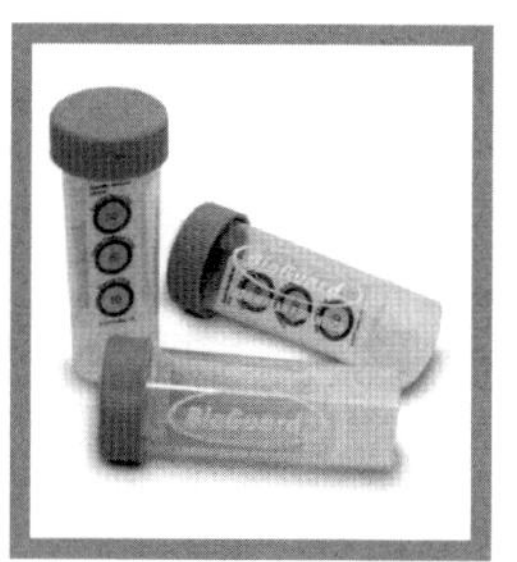

DNA物質樣本存放管

他命、大麻、美沙酮、鴉片、苯環已哌啶、苯二氮卓、三環類抗抑鬱藥等在內的多種藥物。

在使用時，只需滴加大約三滴尿液在測試板上，五分鐘後就可以根據試紙上線條的顯示，得出檢驗結果。檢測過程標準化、專一性、快速性、無假陽性。

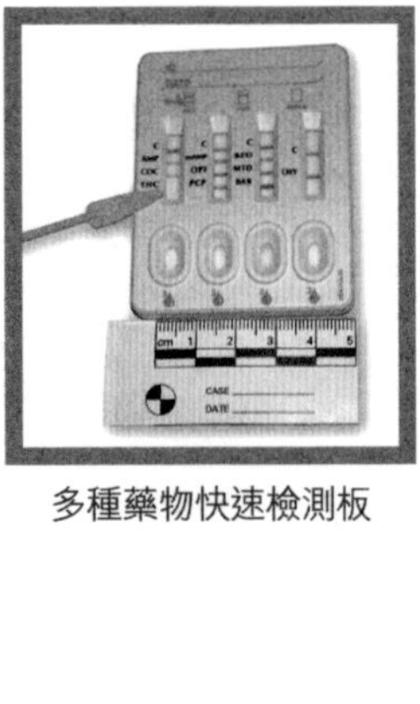

多種藥物快速檢測板

這些生物證據採集回來之後，就交由實驗室的工作人員進行進一步處理。

2 物理證據

物理證據通常與指紋、武器或其他物件有關。

（1）痕跡

a 指紋

從手指上提取指紋很簡單，只要指尖上抹上印刷油墨，摁在紙上就行了。

然而在查案過程中，鑑證人員最常接觸到的指紋是潛伏紋。所謂「潛伏紋」，是指經身體自然分泌物如汗液，轉移形成的指紋紋路，用肉眼看不易被發現，是案發現場中最常見的指紋。

潛伏指紋往往是手指先接觸到油脂、汗液或塵埃後，再接觸到乾淨的表面而留下，雖然肉眼無法看到這類指紋，但是經過特別的方法及使用一些特

APPLICANT

犯罪嫌疑人指紋登記卡

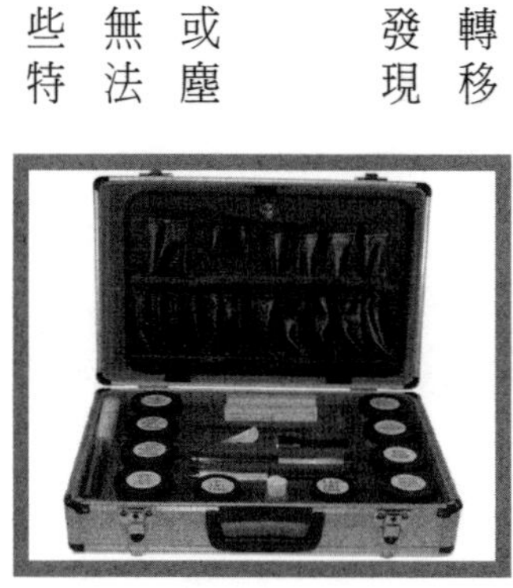

指紋提取工具箱

別的化學試劑加以處理，即能顯現出這類潛伏的指紋。

由於殘留指紋的物品表面狀況不同，其檢驗、提取方法也有所不同。

・非吸水性物品的表面

如果指紋是留在金屬、塑膠、玻璃、磁磚等非吸水性物品的表面，檢驗方法就比較容易。可以用粉末法，選擇顏色對比大的粉末，撒在物品表面提取出完整的指紋。如在有可能留下指紋的地方，撒上鋁粉末，再用柔軟的毛刷輕輕拂去，就會露出清晰的白色指紋。另一方法是磁粉法，以微細的鐵粉顆粒，用磁鐵作為刷

毛刷

多種藥物快速檢測板

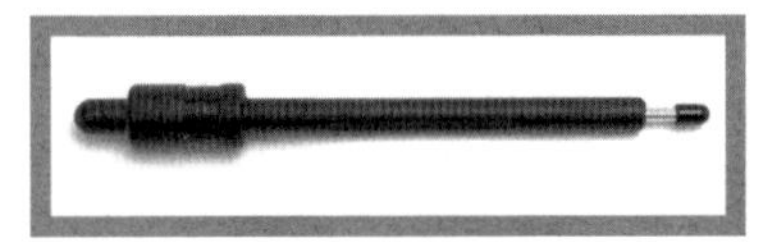

多種藥物快速檢測板

子，來回刷掃，顯現指紋。

另外，配合不同的粉末，也會有不同的刷子用來進行刷掃。

指紋顯現出來之後，再在這種潛在指紋上蓋上水膠轉寫紙就可提取指紋。

·吸水性物品的表面

如果指紋留在紙張、卡片、皮革、木頭等吸水性物品的表面，則必須經過化學處理才能在化驗室顯形。常用的化學法有：

1 硝酸銀法——硝酸銀溶液與潛伏指紋中的氯化鈉產生反應後，在陽光下會產生黑色的指紋。

2 碘熏法——即使用碘晶體加溫產生蒸氣，它與指紋殘留物的油脂產生反應後，便會出現黃棕色的指紋，必須立即拍照或用化學方法固定。

3 螢光試劑法——螢光氨與鄰苯二醛幾乎馬上與指紋殘留物的蛋白

質或氨基酸作用，產生高螢光性指紋，此試劑可以用在彩色物品的表面。

4 海得林法——用噴霧劑在紙上噴射茚三酮，用熨斗加熱即可。試劑與身體分泌物的氨基酸產生反應後，會呈現出紫色的指紋。以上這些方法中，硝酸銀法似乎在中學化學課本上就曾提到過，而其餘三種方法，也在各犯罪劇情中屢見不鮮。

3 其他痕跡

其他常見痕跡還有諸如刻痕、劃痕、腳印、輪胎印等。其他痕跡的提取中一般會用到制模工具。制模工具被用來製作輪胎花紋、指紋和工具痕跡的印模。

該試劑由乳白色膏狀矽橡膠和液態固化劑兩組份組成，兩組份按一定比例混合後，將在十分鐘左右凝固，凝固體具有很好的彈性。用於複製工具痕跡模型，能精確反映出原痕跡的細微特徵。彈性好，不易斷裂，尤其是凹凸面上經粉末顯現的手印紋線可保持連貫。

除去以上常見試劑和設備，還有一種更為新型的雪地印記顯示蠟。將它傾注於雪地上之後，它會迅速在雪地上形成一層覆蓋膜，並使印記呈紅色顯示，方便對其進行拍照和進一步鑄模。同時，這層覆蓋膜還能保護雪層，使雪在短時間內不會融化。

3 法醫檢驗

其他物件也都有一些專門的提取和保存工具。

a 提取工具

犯罪現場勘查員會用鑷子和棉簽收集微小的司法證據。

b 物證封存

物證封裝是物證鑒定工作重要環節。目前已有物證專用封裝口袋和筒式物證塑膠袋等。

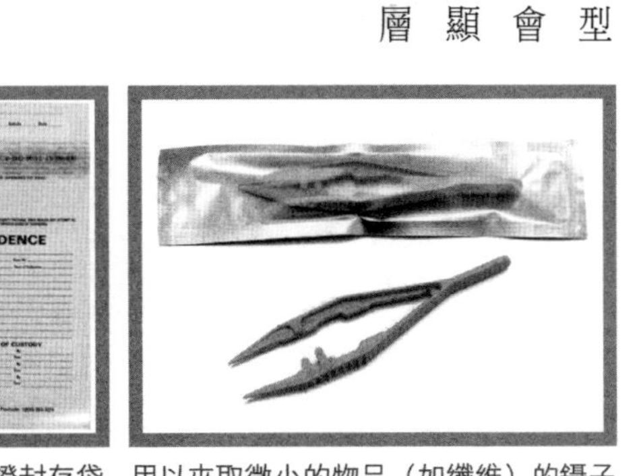

筒式物證封存袋　用以夾取微小的物品（如纖維）的鑷子

物證專用封裝袋使用時，只需撕下兩條防護紙，用手壓緊數次即可。

筒式物證塑膠袋需要塑封機配合使用，可根據物證的長、短隨意剪切、使用方便。塑膠袋的邊緣印有數字，塑膠袋剪切時，需保留數字的完整，並離袋口邊一厘米處塑封，並按要求將上、下的數字填寫到塑膠袋上即可。物證專用封裝袋可有效的防差錯和人為作弊私自變更物證，有利於加強物證的管理。

紫外光手電筒

c　鑑證工具之光源與配鏡

紫外線和紅外線等另類光源常被用來搜索肉眼無法發現的痕跡證據，如纖維。在室內找不到指紋時，也可以關掉房內所有的燈，用鐳射探測裝置掃射房間，這樣能讓指紋上某些化合物發光，這是再把指紋拍攝下來就行了（FBI早就用此方法了）。

紫外光手電筒

在罪案劇中較為常見的似乎是紫外光手電筒，比如在檢測精斑、血清發光氨反應、尿液時會經常用到。除紫外光光源外，紅外光也時常被用到，一般是被用在子彈運行軌跡的模擬中。配合各種特殊光源的觀測，還有濾光鏡，根據光源波長的不同區分類別，觀測不同光源的光線。

d 屍檢儀器

在罪案現場一般只會對屍體進行最簡單的檢查，一般是測量肝溫，以判定死亡時間。

目前常用的肝溫計有兩種，一種是電子顯示的，一種是表面刻盤顯示的。但無論是哪種肝溫計，結構上都有一個共同點，即有一個長長的探針，可以刺穿身體直達肝部，測量溫度。

看得喜 放不低

創出喜閱新思維

書名	法證 沉冤待雪 SILENT WITNESS
ISBN	978-988-79714-5-0
定價	HK$88 / NT$280
出版日期	2019年11月
作者	重案組
責任編輯	文化會社編委會
版面設計	梁文俊
出版	文化會社有限公司
電郵	editor@culturecross.com
網址	www.culturecross.com
發行	香港聯合書刊物流有限公司 地址：香港新界大埔汀麗路36號中華商務印刷大廈3樓 電話：（852）2150 2100 傳真：（852）2407 3062

認識文化會社  culturecross@ymail.com  t.sina.com.cn/culturecrossbooks